伯爵令嬢は豪華客船で闇公爵に溺愛される

登場人物紹介
イルヴィス
異国の貴族。
クロエを大金で買い、豪華客船に同乗させた。
身体のあちこちに古傷があり、
杖をついている。
クロエ
18歳の伯爵令嬢。
闇オークションで売られ、イルヴィスの妻となる。
過去のトラウマで大きな音に怯えてしまう。

ジョシュア
悪徳商人。
クロエを誕生日パーティの会場から
連行し、闇オークションに
出品した。
アメリー
クロエの話し相手として
雇われた女性。太陽のように明るく、
おしゃべりな性格。
オスカー
美貌の青年。クロエの行く先々に現れ、
愛の言葉をささやく。
果たしてその正体は――?
ベアトリス
クラウスの妻。
妖艶な美女で、夫のクラウスに
溺愛されている。
クラウス
豪華客船のオーナー。
イルヴィスの親友で、
ビジネスパートナーでもある。

目次

第一章　伯爵令嬢は恐怖の闇オークションにかけられる

伯爵家の一人娘であるクロエは、今日十八歳の誕生日を迎える。

そんな特別な日の朝。目が覚めて早々、母から社交界デビュー用のドレスをプレゼントすると言われた。

この国では十八歳になると一人前の女性と認められ、正式に社交界への出入りができるようになる。

貴族の令嬢たちは皆、自分の社交界デビューを華やかなものにするため、身分の高い見目麗《うるわ》しい男性にエスコートしてもらいたがっていた。もちろんそのためにはドレスも重要になってくる。

午前中のうちに、人気のドレスデザイナーだという女性がお針子を数人引き連れてやってきて、数枚のドレスの注文を得て機嫌よさそうに帰っていった。

社交界デビュー用にしては、少し数が多いのではないかと母に進言したが、彼女は微笑むだけで何も答えてはくれない。

父と母は、ここ最近よく買い物をする。

上位の公爵家や侯爵家にはおよばない伯爵家とはいえ、それなりに蓄《たくわ》えはあるはずだ。けれど、最近の父母の金遣いの荒さは少々目に余った。

先代から相続した財産を食いつぶすだけの、自堕落《じだらく》な貴族になんてなりたくない。

つねづねそう考えているクロエは、どうしてこんなにたくさん高価なものが必要なのか訊《き》いてみた。

すると母がおっとりとした口調でこう返してくる。

「クロエの輿入《こしい》れ道具にしようと思ったのですよ」

「わたくしは十八歳になったばかりだというのに、まさかもう結婚のお話が来ているのですか?」

父も母も何か言いたそうな表情を浮かべるが、はっきりと答えてはくれない。

普通、縁談は社交界デビューをすませてから持ち上がるものだ。二十歳を超えてから結婚する女性も少なくないので、クロエにはまだ早いように思えた。

だからクロエは、もう少しだけ食い下がることにした。

「わたくしは、まだまだお父様とお母様のおそばにいたいです。結婚なんて早すぎますわ。お断りできませんか?」

クロエがそう言うと、父は嬉しそうな顔をしたが、すぐに眉尻を下げて諭《さと》すように告げる。

「でもね、クロエ。公爵家の方がどうしてもとおっしゃるのだよ。上位貴族からのお話を断ることは難しいからねえ」

「公爵家から結婚のお話が来ているのですか?」

父は深く頷《うなず》いた。

「クロエを見初《みそ》めたと、半年ほど前に遣いが来てね。十八歳になったら、ぜひにとお願いされたんだ」

「どちらの公爵様ですか？」

「それは言えないんだよ」

「なぜ？」

父母は顔を見合わせ、困った表情を浮かべている。

「先方はクロエを正妻にとお望みなんだが、周囲から反対されているらしい。皆を納得させるまで、この件については口外しないよう言われていたんだ。本当は、クロエにも伝えてはならないと言われていたんだけどね」

「まぁ、そうだったのですか……」

「先方の遣いの方からは、しっかりした輿入《こしい》れ道具を一式揃えたほうがいいと助言を受けたよ。伯爵家の人間が公爵家に嫁《とつ》ぐなど、金目当てで取り入ったように思われかねないだろう？」

「でも、輿入《こしい》れ道具に注《つ》ぎ込みすぎてお金がなくなったら……」

クロエが不安そうな顔をすると、父はにっこり笑って言った。

「そんな心配をすることはないよ。内々に援助してくれる人がいるからね。結婚相手に支度金を援助するのはよくあることだ」

「それは……わたくしにプロポーズしてくださった公爵様？」

「……あ、ああ。そうだよ」

（どちらの公爵様かしら。わたくしを見初《みそ》められたということだけど、いったいどこで……？　お茶会かしら？）

今は社交シーズンだ。上位貴族が権威や財力を誇示《こじ》するため、豪華な茶会や晩餐会《ばんさんかい》などを毎日開いている。

まだ社交界デビューしていないクロエだが、父に連れられて何度か知り合いの茶会には参加したことがあった。

「クロエにプロポーズしてきたのは、ひとりじゃなくてね。ふたりいたんだ。申し訳ないが、片方はお断りしたよ。両方とも公爵家の方だったたから悩んだけれど、より条件のよいほうを選ばせてもらった」

「条件？」

クロエの問いに、父は深く頷《うなず》いた。

「先に求婚してくださったのは、他国の公爵様でねえ。いくら爵位が高くても、クロエを遠くに嫁《とつ》がせたいとは思わないからね。それに、あとから来られた公爵家の遣いの方はとても親切で、親身になってあれこれ助言してくださったから、先にいただいたお話は断ったんだ」

「そうですか……」

父はいろいろ考えてくれているようだが、相手がどんな人であっても、人に好かれるのは単純に嬉しい。

そう思いながら、クロエは刻みアーモンドがたっぷり載ったショコラビスケットを一枚摘まみ上げた。

恋や結婚に憧れはあるが、まだまだ色気より食い気のほうが勝る。

美味《おい》しいお菓子と紅茶を楽しんでいると、突然バアンッと大きな音がした。

その音に、クロエの全身がびくりと震え、凍り付く。

部屋の入り口に、弟のアミールが立っていた。彼が勢いよく開けた扉が、壁に当たったようだ。

アミールは泥だらけで、何かを持ったままクロエのもとに走ってくる。

「お姉しゃま！　見て見て！」

「まあ、アミール。部屋の中を走ってはいけませんよ」

母がそうたしなめるが、まだ五歳のアミールは興奮しているのか聞く耳を持たない。

「カエルだよ！　捕まえたの！　……どうしたの、お姉しゃま？」

身を竦《すく》めてブルブル震えるクロエを見て、アミールが泣きそうな顔になった。

彼は持っていたカエルをぽとんと床に落としてしまう。難を逃れたカエルはどこかへ跳ねていった。

クロエは大きな音が苦手だ。父母から聞いた話だが、幼《おさな》い頃事故に巻き込まれ、相当な精神的ショックを受けたらしい。

それ以来、大きな音を聞くと無意識のうちに身体が震えるようになってしまった。

「いつもの発作ね。アミール、あなたが大きな音を出すからですよ」

母に怒られて、アミールはしゅんと俯《うつむ》いた。

「ごめんなしゃい……ごめんなしゃい……」

幼《おさな》いアミールに心配をかけたくない。クロエは引き攣《つ》る顔に無理やり笑みを浮かべる。

けれど無理をしているのが分かってしまったのだろうか。アミールはとうとう泣き出した。

「ぼくがお姉しゃまを……苦しめちゃった……」

「違うの、違うのよ。泣かないで、アミール」

「うぇっ……うぇ……」

クロエはアミールに手を伸ばし、彼の柔らかい金髪を撫《な》でた。

アミールがクロエに抱きついてくる。彼の身体に付いていた泥がクロエのドレスを汚したが、そんなことはどうでもいい。

やんちゃで甘えん坊の可愛い弟からは、お日様の香りがした。

「ぼく、大きくなったらお医者さんになる……。お姉しゃまのご病気を治すの」

「アミール、優しいのね。でも、これは心の病《やまい》なの。そう簡単には治らないのよ」

クロエは事故のことを何も覚えていなかった。

思い出したくないことだから、脳が忘れるべきだと判断した——というのが医師の診断だ。

可愛いアミールを抱きしめていると、気持ちが少しずつ落ち着いてくる。

「さあ……暴れん坊のおチビさん。カエルを捕まえていらっしゃい」

「ごめんなしゃい。お姉しゃま……」

弟の気遣いに、心がじわりと温かくなる。

おっとりしていて優しい父と母。そして愛らしい弟。クロエは彼らとの穏やかな生活が気に入っていた。

このときは結婚など、現実とは遠く離れたことのようにしか思えなかった。

＊　＊　＊

その晩、クロエのバースデーパーティが屋敷で開催された。

メイドが三人がかりで、クロエを美しく装《よそお》う。

艶《つや》やかなブロンドを細かく三つ編みにし、後頭部でひとつにまとめて、巻き毛をうしろに垂らす。

さらに生花を編んで作った花冠《はなかんむり》を載せ、首と耳はエメラルドの豪奢《ごうしゃ》なアクセサリーで飾った。

エメラルドは、クロエの真っ白な肌をさらに美しく際立《きわだ》たせた。

父母がこの日のために作らせたパーティドレスは、シルクに真珠《しんじゅ》とダイヤモンドをたくさん縫《ぬ》い付けたもので、一目見ただけで高級な品だと分かる。

パンプスにも真珠《しんじゅ》とダイヤモンドがあしらわれており、清楚《せいそ》で可憐《かれん》だが豪華な仕上がりとなっていた。

見事な出来栄えに、メイドたちがほうっとため息をつく。

「お嬢様、素敵ですわ」

「本当に……。翠玉《すいぎょく》と真珠《しんじゅ》のクロエとは、よく言ったものですわ」

翠玉《すいぎょく》と真珠《しんじゅ》のクロエ。

その呼称はクロエが十五歳のとき、国王陛下に謁見《えっけん》した際につけられたものだ。陛下はクロエを見て「なんと美しい少女か。エメラルドと真珠《しんじゅ》で作りあげた宝玉のようだ」と評した。おそらくクロエのエメラルドグリーンの瞳と、きめ細かな白い肌から連想したのだろう。

以来、それはクロエの通り名となっている。

「恥ずかしいわ。国王陛下は少し大袈裟《おおげさ》なのよ。あまり本気に取らないで」

クロエがそう訴えても、メイドたちはクスクス笑うだけだった。

「クロエお嬢様、お支度は完璧です」

メイドのひとりがそう言って微笑む。

クロエは彼女たちの仕事に敬意を示すため、ドレスを摘まんで白鳥のように優雅に一礼した。

メイドたちが誇らしげに見守る中、クロエはゆっくりと大広間に向かう。

屋敷で一番豪華な大広間は、すでにたくさんの招待客で埋め尽くされていた。

立食形式のパーティで、テーブルには一級品の料理やワインがたくさん並べられている。

広間の中央にはダンススペースが用意され、有名な楽団も招いてあった。

中庭では大道芸人や手品師が芸を披露し、かなり大がかりなパーティとなっている。

軽快な音楽が鳴り響き、人々の歓談する明るい声があちこちから聞こえる。

楽しいはずのバースデーパーティ。だが、クロエの心には暗い影が差していた。

(仲の良い友人や親戚だけを招いた、こぢんまりしたパーティでよかったのに。これも公爵様の援助のおかげだというの？　無駄使いのような気がするけど……）

クロエが現れたのに気付いたのか、音楽の曲調が変わり、拍手が鳴り響いた。

「クロエ、おめでとう」

「十八歳、おめでとう」

たくさんの祝いの言葉を受け、クロエは心配事をいったん頭の隅《すみ》に追いやった。

大広間をまわり、招待客ひとりひとりに挨拶《あいさつ》する。

中には初めて会う客もいたし、ほぼ他人といっていいほど遠い親戚もいた。

それでも皆、クロエの誕生日を祝うために、わざわざ来てくれたのだ。そう思って、精一杯の微笑みで応対する。

「おめでとう、クロエ」

声をかけてきたのは、ガルド公爵家のユリアン。公爵家の跡取りで、社交界で今一番人気のある男性だ。

彼は赤みがかった金色の巻き毛を揺らし、美しい笑みを向けてきた。

ユリアンはクロエにとって信頼できる男性のひとりだ。

彼が何かと声をかけてくれるから、クロエは上位貴族の主催するお茶会にも顔を出せるようになった。

「ありがとうございます。ユリアン様」

ユリアンは爽《さわ》やかな笑みをクロエに向けた。

「いよいよ十八歳だね。社交界デビューのエスコート役は決まったのかい？」

「いいえ、まだ」

「よければ私にエスコートさせてくれないかな」

シャンデリアの輝きが、ユリアンのストロベリーブロンドに反射して眩《まぶ》しい。

美しいサファイアブルーの目、端整な顔立ち、柔らかい声。ユリアンは、乙女が夢見る理想の男性だと思えた。

（もしかして、ユリアン様がわたくしにプロポーズしてくださったの？　訊《き》いてみたいわ。でも、わたくしとの結婚は周囲に反対されているということだもの。不用意にその話をすべきではないわね）

クロエは尋ねたい衝動を心の奥に押し込め、優雅な微笑みを返した。

「ユリアン様にエスコートしていただけるなんて、嬉しいです。ぜひお願いいたしますわ」

「ありがとう。社交界デビューの舞踏会が楽しみだ」

「わたくしもです。ユリアン様……」

しばらくユリアンに付き添われ、様々な人と歓談していると、鋭い視線を感じた。

振り返ると、クロエを見つめていたのは、背の高い男性だった。

歳は三十代前半くらいに見える。真っ黒な髪に、浅黒い肌。黒い目に高い鼻梁《びりょう》、薄い唇。どこかエキゾチックな容貌の人だ。

足が悪いのだろうか、手には杖を持っていた。

彼はクロエを、穴が空きそうなほどじっと見つめてくる。

「あの方はいったいどなたかしら……？」

クロエがつぶやくと、ユリアンは彼女の見ている方向を一瞥《いちべつ》し、そしてふいと顔をそらした。

「異国の貴族らしく、ここ最近社交界に顔を出している男だよ」

ユリアンの語調から推測するに、あまり好ましい人物ではないようだ。

「羽振りがいいだけの男さ。どうやってこのバースデーパーティに潜《もぐ》り込んだんだか」

ユリアンは辛辣《しんらつ》に言い捨てた。

クロエはもう一度黒髪の男性のほうに目を向ける。しかし、彼はもうそこにはいなかった。

いつの間にか、絡み付くような視線も消え失せている。

クロエがほっと安堵の息を漏らした、その瞬間——

バタンと大きな音をたてて扉を開き、ひとりの男が大広間に入ってきた。

クロエの身体が一瞬で固まってしまう。

その男は、招待客の不審そうな視線を一身に受けながら、芝居《しばい》がかった大仰《おおぎょう》な口調で言った。

「おおっ！　これはこれは、お美しいクロエ嬢！」

男は小柄で太っており、腹が異様に出ていた。

酒に酔《よ》っているのだろうか、まん丸の顔は赤く染まっている。

その男は不躾《ぶしつけ》にも、クロエをじろじろと上から下まで眺めた。

「おい、君。失礼ではないか！　そのような目つきで女性を見るなど、紳士のすることではない」

ユリアンが男とクロエの間に割って入る。

するとと小太りの男は、わざとらしいお辞儀をした。

「これはこれは、失礼しました。私はジョシュア。金貸しですよ。紳士でなくて申し訳ありませんな」

金貸しと聞き、クロエは首をかしげる。

「訪問先を間違えられたのではありませんか？」

「いえいえ、あっておりますよ。今日はお貸ししたものを返していただきたくてうかがったのです。今まで辛抱強く待ちましたが、そろそろ限界でして」

ジョシュアという男が酒臭い息を吐いた。クロエは思わず顔を背《そむ》けてしまう。

アルコール臭から逃れたくて、目線だけをジョシュアに向けて訊《き》いた。

「……何を借りていると？」

そう問われたジョシュアは、ジャケットの胸ポケットから一枚の紙を取り出した。

「もちろん金ですよ、金！　そろそろ利子もつけて返してくださいよ。これが借用書です」

ジョシュアが大きな声で叫ぶので、パーティ会場がザワリとどよめいた。

「お金ですって？」

彼が差し出した紙には、確かに父のサインが書かれていた。

「先月から返済が滞《とどこお》っておりましてなあ。もし金を返せないということでしたら、代わりのものをいただかないとねえ。私も手ぶらでは戻れませんから」

「代わりのもの……？」

クロエの問いに、ジョシュアはニヤリと笑って答える。

「換金できる、高価なものですよ。例えばお嬢さん、あんただ」

ジョシュアが指を鳴らすと数人の男が現れ、即座にクロエを拘束した。

男たちは皆、身なりこそきっちりしていたが、手つきは乱暴だ。屈強な男たちは、クロエを強引に連れていこうとする。

「な、何？　やめて！　離して！」

クロエが叫ぶと、周囲の人たちも狼狽《うろた》え始めた。彼らはどうしたものかと成り行きを窺《うかが》い、中には、そそくさと広間を出ていく客もいる。

やがて騒ぎを聞きつけた父母が、慌てて飛んできた。

「ジョシュアさん！　返済に猶予《ゆうよ》をくださると、おっしゃっていたではありませんか！」

父の訴えに対し、ジョシュアはそれがどうしたという表情で返した。

「状況が変わりましてね。私の主人が商売する場所を変えるというので、貸した金の回収を急いでいるんですよ」

「そんな……いきなり……」

ジョシュアは父母の困惑にも、知ったことかという態度をとる。

「なんにせよ、先月の返済も滞《とどこお》っているんだ。引き延ばせば引き延ばすだけ利子は増える。先月返せなかったものを、今月返せるわけがない。いくら待っても同じことでしょうな。代わりに金になりそうなものをいただいていくことにしますよ。まずは、この屋敷と……」

ジョシュアが唇を舐《な》め、クロエを下卑《げび》た目で見る。クロエの華奢《きゃしゃ》な身がぶるりと震えた。

「これだけ美しいお嬢さんだ。さぞかし高く売れるだろう」

それを聞いた父母は、驚きに目を丸くした。

「お待ちください！　娘は結婚が決まっているのです。今連れていかれては……」

それを聞いたジョシュアは背をそらし、広間中に響くような声で嘲《あざけ》った。

「おめでたい、実におめでたいお貴族様だ。ではその結婚相手に伝えてくださいよ」

ゆっくりと前屈《まえかが》みになり、舐《ねぶ》るような目つきでクロエの顔を覗き込む。

「早急に、耳を揃えてこの金額を用意しろとね。そうしないとクロエ嬢がどうなるか……足りない頭で考えてみるんですな」

ジョシュアは手にしていた紙切れ――借用書を、父母の足元に向かって放り投げた。

クロエは恐る恐る父母を見やった。

「お金はいただいたものではなかったのですか？」

問われた父母は、クロエから目をそらしてうなだれる。

その態度から、質問の答えが分かってしまう。

ジョシュアが腕を振り上げ、声高に言った。

「おまえたち！　金目のものを物色しろ！　それから、こちらの伯爵令嬢を拘束して連れていけ！」

ジョシュアの配下が大きな音をたてて暴れまわるので、成り行きを見守っていた客たちは蜘蛛《くも》の子を散らすように逃げ出してしまった。

音に敏感なクロエも、ガチャンッ、バタンッと男たちがたてる音に身を竦《すく》めてしまう。

「お父様……お母様……」

クロエは叫ぼうとした。だが身体が言うことをきかず、小さな声が漏れるだけ。

男たちにずるずると引きずられるように廊下《ろうか》を歩かされ、そのまま豪勢な馬車に押し込まれてしまった。

＊　＊　＊

その数時間後。クロエはある館の一室で、ブルブルと全身を震わせていた。

連れてこられたのは、鬱蒼《うっそう》とした森の中に建つ大きな館。

馬車から降ろされたクロエは、すぐさまこの館の一室に放り込まれたのだ。

ドレスはぐしゃぐしゃで、せっかく結い上げた髪も乱れている。

しかし、それは些細《ささい》なことだと思えた。

クロエは今、両手首を金属の手枷《てかせ》で拘束され、部屋に閉じ込められている。

そこには同じように借金のカタとして連れてこられたのだろう、若い男女が数名いた。

嗚咽《おえつ》を漏らしている者、部屋の隅《すみ》で座り込み震えている者。中には、なんとか脱出できないかと窓や扉を調べている者もいる。

「ダメだ。窓には鉄格子《てつごうし》が、扉には外から鍵がかけられている」

男が悔しそうに壁を叩く。クロエはその光景を、悲しい気持ちで見ていた。

逃げ出せるなら逃げ出したい。しかしここに来る途中の馬車の中で、ジョシュアがクロエに言ったのだ。

『これからおまえを人身売買オークションに出品する。もし貸した額に満たない金額で競《せ》り落とされるようなことになったら、両親と可愛い弟さんも売ってしまわないといけないなあ。あんな中年夫婦と幼子《おさなご》が高く売れるとは思わないが、パンと水だけで働く都合のいい使用人としてなら、どこその田舎貴族が買ってくれるかもしれん』

それを聞いたクロエは、あまりの衝撃に何も言えなくなってしまった。

クロエの知る限り、父母は先代から譲《ゆず》り受けた爵位とささやかな領地、そして資産で暮らしているだけの普通の貴族だ。見知らぬ土地で、使用人としてなんてとても生きていけないだろう。

それに、弟のアミールはまだ五歳だ。働ける年齢ではない。弟のことを考えると、逃げ出したくても逃げ出せない。

クロエは立ち上がると部屋の隅《すみ》へ行き、壁に背をもたせかけて座り込む。

(どうしてこんなことになってしまったの……)

突然扉が開き、屈強な男たちがわらわらと現れた。

最後にジョシュアが姿を見せ、楽しそうに言い放つ。

「待たせたな。急遽《きゅうきょ》出品の決まった目玉商品が噂になって、大盛況になってしまった。立ち見まで出る始末だ。こんなに騒ぎになるとは想定外だが、今回ばかりは仕方がない」

ジョシュアはクロエをいやらしい目で見ると、口角をニッと上げた。

「これからオークションを開始する。全員私についてこい」

クロエをはじめ、皆が青ざめた。

男たちが手枷《てかせ》に繋がった鎖を次々と手に持つ。強引に引っ張られ、クロエたちは彼らのあとに続いた。

冷え冷えとした廊下《ろうか》を、連行されるように進む。

「人身売買オークションに参加する人間なんて、いるはずがないわ！　警察に捕まるもの！」

一人の女性が声高に叫んだ。

するとジョシュアは声のしたほうに向かって、いやらしくニヤリと笑った。

「お嬢さん。オークションには愛人や後継者を探したい上位貴族も数多くお見えなのだよ」

「そんな……」

くっくっくっ……とジョシュアが喉を震わせて笑う。

「秘匿《ひとく》しておきたい性癖《せいへき》や事情は、どんな人にもあるものですよ。つまりこの人身売買オークションは、やんごとなき方々によって存在を黙認されているんだ」

それを聞いた全員が、口を噤《つぐ》んでしまった。

権力を持つ上位貴族が認めているのなら、どこへ訴えても無駄だろう。

沈鬱《ちんうつ》な空気をまとったまま、地獄への道をひたすら歩かされる。

一番奥の大きな扉の前まで来ると、ジョシュアが振り向き、大袈裟《おおげさ》な身振りで言った。

「ここから先、仮面をつけた紳士淑女《しゅくじょ》がおまえたちを値踏みする。いい買い物をしたくて、執拗《しつよう》に検分するだろう。逆《さか》らいたければ逆《さか》らえばいい。抵抗したければ勝手にしろ。だがな、これだけはよく覚えておけ」

ジョシュアが口の端を歪《ゆが》めた。

「売れ残ったり、落札価格が借金の額に満たなかったりしたら、おまえらの身内を引っ捕らえてきて売るぞ。それが嫌なら、少しでも高い金額で競《せ》り落とされるよう努力しろ」

その言葉を聞いて、クロエの心は凍り付く。

（ああ……お父様、お母様……アミール……。彼らをこんな恐ろしい目にあわせるわけにはいかない……）

「高く売られるコツを教えてやる。反抗的な態度を取らず、客に媚《こ》びへつらえ。運がよければ上位貴族の愛人になれる可能性だってあるわけだからな」

ジョシュアが扉の取っ手を握った。ギィィと嫌な音をたて扉が開く。

クロエたちは屈強な男たちに鎖を引かれ、扉の向こうへと進んだ。

そこは大広間で、中央に舞台が設置されていた。その上部にはシャンデリアがぶら下がり、舞台を明るく照らしている。

それに反して、舞台以外のところは灯りが少なく薄暗い。舞台を中心として放射状に配されたソファに、大勢の客が座っている。ローテーブルにはワインやつまみが置かれ、客たちは楽しそうに談笑していた。

一見、普通の座談会かパーティのように見える。違う点は、客が全員、顔を隠すために仮面を着用していることくらいだ。

ジョシュアが堂々とした態度で舞台に立ち、さっと手を振り上げる。

「大変お待たせいたしました。ただ今よりオークションを開始いたします」

部屋中から歓声がわき上がった。

一番手として、クロエの隣に立っていた黒髪の女性が舞台に引きずり出された。

男たちが女性の服を脱がそうとする。

「や、やめてください」

手枷《てかせ》を外されるやいなや、女性は身じろぎして抵抗を示した。

だがあっという間に、しゅるしゅると音をたててドレスの背中の紐を解《と》かれる。

肩が大きく露出したドレスは、するりと足元に落ちてしまった。女性はショーツ一枚というはしたない格好で、観客の目に晒《さら》される。

観客席からさらなる歓声が巻き起こる。声が反響して地面を震わせ、シャンデリアを揺らし、会場は興奮の坩堝《るつぼ》と化した。

こんな非道な行為に、喜ぶ人たちがいるなんて。異様な光景を目の当《まあ》たりにして、クロエは恐怖で身震いした。

恐慌状態に陥《おちい》った女性が悲鳴を上げて、その場にしゃがみ込む。

だが男たちが彼女を強引に立ち上がらせた。さらに彼らは女性の両手首を掴み、高く上げさせる。

「ああっ……いやぁ……」

男たちに背中を押され、彼女は豊満な胸を観客のほうに突き出す体勢になった。

「ひっ……」

クロエは思わず悲鳴を上げた。自分もこんな辱《はずかし》めを受けることになるというのか。

「お許しください。どうか……」

ジョシュアは女性の懇願《こんがん》を無視して、客席に向かって叫んだ。

「まずは子爵令嬢。二十一歳です。いかがでございますか」

クロエの背筋を、ぞわりと悪寒《おかん》が駆け上がった。

大きな拍手や歓声が、クロエの精神を蝕《むしば》む。大きすぎる音のせいで、足に力が入らなくなってしまった。

客たちが次々と金額を口にする。いくらも経たないうちに、巨漢の男が子爵令嬢に最高値をつけた。

その男は、顔が大きすぎて半分しか仮面で隠せていない。のそのそとソファから立ち上がり、身体を左右に揺すりながら舞台に近付いていく。

男は膨《ふく》れ上がった太い指を女性の顎《あご》に当て、くいっと持ち上げた。もう片方の手は、彼女の腰をいやらしく撫《な》でている。

「健康でしっかりした腰と尻をしている。これなら毎日でも抱けそうだな。愛人にうってつけだ」

黒髪の女性は、巨漢の男と彼の従者に連れていかれた。

クロエはエメラルドグリーンの目を見開いて、事の成り行きを見守る。

性欲処理のためだけの愛人。クロエもそのような扱いを受けることになるのだろうか。

(怖い、怖い……。助けて、誰か……。お父様、お母様……)

いくらクロエが狼狽《うろた》えても、オークションは無情に進行していく。

若く筋肉質な男性を年配の女が、クロエより若い少女を年老いた男が競《せ》り落としていった。そうして次々と人が売られていき、とうとうクロエの番が来た。

「最後になりました。本日の目玉、美しき伯爵令嬢です」

手首の鎖を外され、舞台の中央に押し出される。

客席から、どよめきが起こった。

「なんという美しさ。類《たぐ》い稀《まれ》なる美貌ではないか」

「まさか翠玉《すいぎょく》と真珠《しんじゅ》の……？　なんということだ。彼女を我がものにできる機会が巡ってこようとは……！」

次々と価格が提示され、どんどん高値になっていく。

ジョシュアはしたり顔で、部下の男たちに目配せをした。

クロエも他の人たちと同様、ドレスを脱がされそうになる。

恐怖のあまり、クロエの目から一筋の涙がこぼれた。

母親やメイド以外の人間に肌を晒《さら》したことはない。それもこんな大勢の人たちの前でなんて、想像すらしたことのない事態だ。

観客は皆、クロエを見ている。興味津々《きょうみしんしん》に注《そそ》がれる、たくさんの視線がとても怖い。

「ぼやぼやするんじゃない。早く脱がしたまえ」

男性陣から野次《やじ》が飛ばされたかと思えば、女性陣からも声が上がる。

「そうよ。早く脱がしなさい」

「お高くとまっている小娘をひん剥《む》いて！」

悪口雑言《あっこうぞうごん》がクロエの耳に入り、たまらず耳を塞《ふさ》ぎたくなる。

だが、屈強な男たちがそれを許してくれない。

（助けて……誰か……）

クロエが心の中で祈った、その時――

「最高価格を出す。だからドレスは脱がさなくていい」

明瞭で澄《す》んだ声が、どこからか響いた。

声のした方向を見ると、ストロベリーブロンドの男性が挙手していた。

仮面のせいで顔は判別できないが、この声には聞き覚えがある。

（もしかしてユリアン様なの？）

彼が助けに来てくれたのだろうか。

エメラルド色の目が、熱い涙で満たされた。ところが、すぐさまクロエの希望は打ち砕かれる。

「私がその倍の価格をつけよう」

低く鋭い声が、その場に響きわたる。

クロエのみならず、全員が大広間の後方に立つひとりの男に視線を向けた。

深い闇の色をした髪に、浅黒い肌、高い鼻梁《びりょう》、そして薄い唇。

仮面をつけていてもわかる。バースデーパーティで目にした、エキゾチックなあの男性だ。

「倍だと？　では、それよりも高値をつけさせてもらう」

ユリアンらしき男性が食い下がる。

だが、黒髪の男は淡々とした口調で返した。

「さらに倍だ。彼女が手に入るなら、どんな価格になっても構わない」

会場が静まり返る。

黒髪の男は、他を圧倒するようなオーラを持っていた。

「……なんということだ」

ユリアンらしき男性が悔しそうに拳《こぶし》を握りしめる。

黒髪の男は、カツリ、カツリ……と杖の音をたてながら、ゆっくりとこちらに近付いてきた。やはり足が悪いようだ。

彼はジョシュアの前に立つと、威圧感たっぷりの態度で彼を見下ろした。

近くで見ると、とても背の高い男だ。

彼は革鞄《かわかばん》からいくつもの札束を出すと、床に叩き付けるように放り投げた。

何が起こったのか分からないという表情で、ジョシュアが瞬《まばた》きを何回も繰り返す。

黒髪の男が苛立《いらだ》ったように言った。

「何をしている。私がそのお嬢さんを競《せ》り落としたのだ、さっさと引き渡したまえ」

「ええと……はい。おめでとうございます。こちらのお嬢さんは旦那のものです。どうぞ」

ジョシュアが面食らったように言うと、観客席がざわめく。

黒髪の男は広間中の視線をものともせず、クロエの腕をさっと掴んだ。

「来い。この部屋から出るぞ」

「は、はい……」

クロエは男に先導され、入ってきた扉とは別の扉から会場をあとにした。

第二章　漆黒《しっこく》の救世主イルヴィス

クロエは黒髪の男の指示で、館の庭園に停めてあった馬車に乗り込んだ。

男が「宿に戻る。急いでくれ」と言うと、御者《ぎょしゃ》は無言で頷《うなず》き、鞭《むち》を一振りした。

馬が嘶《いなな》き、勢いよく走り出す。

つい数時間前には、憂慮《ゆうりょ》と恐怖に支配されながら馬車に揺られていた。けれど今は、クロエの心は困惑でいっぱいだった。

窓の外を見ていたクロエは、向かいに座る黒髪の男性に視線を移した。

男は仮面をむしり取ると、ジャケットの胸ポケットにしまい込んだ。

「なんとか間に合ったな。無事助け出せてよかった」

彼の低い声がクロエの鼓膜《こまく》を震わせ、身体中に染み渡っていく。

（わたくしは助けられたの？　本当に……？）

クロエが彼の顔に目をやると、男もじっとクロエを見つめてきた。

心臓がどくりと跳ねる。

黒曜石《こくようせき》の輝きを放つ黒い目が、クロエに向けられていた。

意思の強そうな男の視線に戸惑ってしまい、とても居心地が悪くなる。

それをどう捉《とら》えたのか、彼が心配そうに声をかけてきた。

「どうした。怪我でもしたのか？　宿に戻る前に病院へ行ったほうがいいなら、道を変更させよう」

「い、いいえ……。怪我はしておりません。大丈夫です」

クロエの答えを聞いて、彼はほっとしたような面持《おもも》ちになり、「そうか」と低い声で言った。

（この方は、わたくしをあの場から助けるために、あんな大金を……？）

そればかりか、こんなに優しく気遣ってくれるだなんて、一体何者なのだろう。

クロエはおずおずと、そのことを尋ねてみる。

「助けていただいて、誠にありがとうございます。あの……どうしてわたくしを助けてくださったのでしょう？　父や母のお知り合いなのですか？」

すると黒髪の男は目を細め、クロエを訝《いぶか》しげに凝視した。

「あの……？」

「私を知らないと？」

「は、はい。あの……申し訳ございませんが……覚えがありません……」

バースデーパーティで見かけただけでは、知っているとは言えない。それともクロエが忘れているだけで、どこかで誰かに紹介されたことがあるのだろうか。

男は顔を背《そむ》けると、額にかかる黒髪を面倒臭そうにかき上げた。クロエの問いに答えようとはせず、ふうと大きな息を吐く。

「あなたを助けたのには、それなりに理由がある」

先ほどとはうって変わって鋭くなった声に、クロエは驚いて身を竦《すく》める。クロエを気遣うようだった彼の視線も、なぜか凍《い》てつくように冷たくなっていた。

男はクロエの戸惑いを無視して、言葉を続ける。

「私が求めているのは、誰にでも自慢できる清楚《せいそ》で美しい妻だ」

「え……」

(妻？　この方は奥様を探していたの？　けれど、なぜ非道な闇オークションで妻探しなど……)

今ひとつ理解しきれていないクロエに、男は説明を続けた。

「私は来週、母国リストニアへ帰国する。その際、万人が淑女《しゅくじょ》と認める美しい妻を伴《ともな》って戻りたい。それにはあなたがうってつけだと判断し、あのオークションで落札した」

「帰国……でございますか？」

「そうだ。あなたには私の妻となり、リストニア行きの船に乗ってもらう」

船と聞いて、クロエは慌てて男に訴えた。

「お待ちくださいませ！　わたくしは屋敷に突然現れたジョシュアという男の手によって、強引に連れ去られました。そのあと両親と弟がどうなったのか分からないのです。お願いでございます。家族が無事であることだけでも確認させてくださいませ」

男は腕を組むと「ふむ……」と考えるような表情をした。

クロエは一生懸命懇願《こんがん》する。

「図々しく願いごとなどできる立場でないことは承知しております。ですが家族の無事が分からないままでは、心が落ち着きません。これ以上の我儘《わがまま》は申しませんからどうか……どうか父母と弟の安否だけでも……」

「両親と弟か。いいだろう、私が屋敷に遣いを出しておく」

クロエには、男の一言がまるで神の言葉のように思えた。

「本当でございますか！　でも……ジョシュアは屋敷を取り上げると言いました。父母たちが屋敷を追い出されていたら、すぐには見つからないかもしれません」

「構わない。見つかるまで捜索させよう」

「ああっ……お父様、お母様……。アミール……」

泣き出しそうになるクロエに対し、彼はさらにこう約束した。

「もし保護できたら、不自由のない暮らしができるよう手配し、金を渡しておく」

「あ……ありがとうございます」

ひとりで両親も探し出せないほど無力なクロエは、彼の言葉にすがるしかない。

両親と弟を助けてくれる見返りが妻になることだというのなら、受け入れねばならない。恐怖の闇オークションで非道な人物に買われるより、幾分かましだろう。

（わたくしはもう十八歳になったのよ。嫁《とつ》ぐことで家族が助かるなら、それくらいやってみせるわ）

クロエは意志を固めて、自分を妻にと望む男性をじっと見つめる。

「どうか、お名前を教えてくださいませ」

男は表情を変えないままクロエを見返し、そしておもむろに名を告げた。

「私の名はイルヴィス。イルヴィス・サージェント。あなたの夫になる男だ」

「イルヴィス・サージェント様……」

聞いたことのない名だ。そういえば、ユリアンが異国の貴族だと言っていた気がする。

「わたくし、イルヴィス様のよき妻になれるよう……」

そのとき、ガタンと大きな音がして馬車が激しく揺れた。

「あっ……！」

馬車が軋《きし》む音と、激しい揺れ。クロエの心に恐怖がわき上がる。

「あっ……あぁっ……」

「どうした、クロエ」

問いかけられても、返事すらできなかった。

自分の身体を抱きしめ、身を小さくしてブルブルと震えることしかできない。

「怖い……音が……」

「音……？」

「も、申し訳……わたくし……」

事情を説明するべく口を開くと、御者《ぎょしゃ》が小窓を開けて話しかけてくる。

「すみません！　旦那！　道が悪くて車輪を取られました。大丈夫ですか！」

「ああ。気を付けてくれ」

イルヴィスがそう返すと、御者《ぎょしゃ》は再度「すみません！」と叫んだ。

「大丈夫か」

イルヴィスに声をかけられ、クロエは大事なことに気が付いた。

もし心の病《やまい》を持っていると知られたら、結婚相手に相応《ふさわ》しくないと言われてしまうかもしれない。

そうなれば、両親とアミールを探してもらえなくなる。

「あ、あの……急に揺れたので驚いてしまって……。申し訳ございません。大袈裟《おおげさ》でした」

高鳴る鼓動を抑え込み、クロエはゆっくりと上半身を起こす。

そして何事もなかったような素振りで、夫となる人に笑みを返した。

「も……もう大丈夫です。ご心配おかけいたしました」

「……それならよい」

これ以上弱いところは見せまいと、背筋を伸ばして深く座席に腰掛ける。

馬車が再び平坦な道を走り始めた頃には、鼓動もおさまっていた。

＊　＊　＊

馬車に揺られて向かった先は、王城の近くにある、王都で最も高級なホテルだった。

この街には、王城を取り囲むようにして上位貴族の屋敷が建ち並んでいる。

クロエの屋敷はここから馬車で一時間ほど離れた場所にあり、このあたりには用がない限りめったに訪れない。

このホテルの最上階に、イルヴィスは宿を取っているとのことだ。

「出港日まで、ここに宿泊する」

このホテルはクロエも知っている。港が近いこともあって、新鮮な海の幸を使ったレストランが評判で、かつて家族と訪れたことがあった。

「お帰りなさいませ」

「お帰りなさいませ、サージェント様」

女中もフロントマンも、イルヴィスの顔を見ると慇懃《いんぎん》な態度で礼をする。

しかしイルヴィスの背後に控えるクロエには、じろじろと訝《いぶか》しげな視線を向けてきた。

不躾《ぶしつけ》ともいえる視線に困惑し、ふと胸もとを見る。すると、クロエのドレスは驚くほど薄汚れていた。

（ドレスはボロボロだし、埃《ほこり》や汚れもこんなについてる。綺麗《きれい》に結い上げていた髪もぐしゃぐしゃ。人にこんな格好を見られるなんて恥ずかしい……）

慌てて汚れをはたき落とし、乱れていた髪も整える。

「服はすぐに用意させる。慌てる必要はない」

イルヴィスに言われ、クロエはせめて妻として恥ずかしくない態度を取ろうと面《おもて》を上げた。

「今晩から妻も宿泊する。食事はふたり分だ。少々遅い時間だが用意してくれ」

イルヴィスはフロントマンに端的に命じると、エレベーターへ向かった。

「お帰りなさいませ。イルヴィス様、奥様」

エレベーターボーイがイルヴィスの姿を確認すると一礼し、蛇腹《じゃばら》の鉄格子《てつごうし》の取っ手を引く。

イルヴィスとともに乗り込んだクロエは、扉上部にある半円型の階数表示を、むず痒《がゆ》い気持ちで眺めていた。

（やっぱり、突然妻として扱われるのは妙な感じがする……。だってなんの心構えもしていなかったのですもの。お父様から結婚のお話を聞かされたときだって、まるで自分の話ではないみたいに思えたし）

エレベーターを降りながら、クロエは自分の気持ちをイルヴィスに伝えた。

「わたくし、こんなに早く結婚することになるとは思ってもみませんでした」

「縁談のひとつやふたつはあっただろう」

「はい。けれど乗り気ではなかったので、内心お断りしたいと思っていました」

「結婚が嫌なのか」

「そういうわけではないのです。ただ……」

家族と一緒にいたかった。そう口にしたら、子どもっぽいと思われるだろうか。

「社交界デビューもしていませんもの。パーティなどに出て、いろいろな人とお知り合いになってからでもいいと思っておりました」

そう返すと、イルヴィスはそれきり黙り込んでしまった。心なしか彼のまとう雰囲気が刺々《とげとげ》しい。

（怒らせるようなことを言ったかしら？）

クロエは心配になってしまう。

イルヴィスは表情を硬くしていたが、すぐに普通の態度に戻った。クロエは安堵し、彼のうしろをついていく。

彼に案内された部屋は広々としたスイートルームで、上品な内装だった。

食事が運ばれてきて、ダイニングテーブルに置かれていく。新鮮な魚介を使った料理が所狭しと並ぶのを見て、急に空腹を感じ、思わず喉を鳴らしてしまう。

だが、こんな汚れた格好で食事をするのは気が引けた。

どうしようかと迷うクロエだが、イルヴィスは気にした様子もなく椅子《いす》に腰掛けた。

「じきに新しい服が届く。先に食事にしよう」

そう言われ、クロエはイルヴィスの前の席についた。そして食前の祈りを捧げ、スプーンを手に取る。すると唐突に、イルヴィスがこう言った。

「これからは何か食べ物を口にするとき、まずは感謝の気持ちを示すように」

「はい……？」

お祈りだけでは足りなかったのだろうか。

クロエの知らない異国のしきたりやマナーがあるのかもしれないと、イルヴィスを見返す。

「私の名を呼んだあと、本日の食事をありがとうございますと感謝の言葉を述べなさい」

「え……」

イルヴィスの国では、食前の祈りを一家の主《あるじ》に捧げるのだろうか。クロエは戸惑いながらも彼の言葉に従った。

「イルヴィス様……本日の食事を、ありがとうございます」

指示どおりの言葉を発したというのに、彼の目は鋭いままだ。

それどころか、さらなる指示を出してくる。

「言葉だけでは不十分だ。床に膝をつき、もう一度感謝の言葉を捧げなさい」

イルヴィスの命令は、クロエにとって衝撃的なものだった。

(膝をついて……？　これまで誰かに食事をご馳走《ちそう》されても、そんな屈辱的な体勢でお礼を言ったことなどないわ)

躊躇《ためら》うクロエに、イルヴィスが非難めいた表情を向ける。

「今、あなたが食べ物を口にすることができるのは私のおかげだ。私に感謝と敬愛の気持ちを捧げることに、なんの問題がある？」

「問題など……でも……」

イルヴィスは、唖然《あぜん》とするクロエに畳《たた》みかけるように言った。

「あなたは持たざる者。金も家も何もない。まさかとは思うが、伯爵令嬢という身分があるだけで、日々食事ができると思っているわけではないだろう？」

さすがにクロエもそこまで無知ではない。誤解されたくなくて、慌てて首を横に振った。

「い、いえ……そのようなことは……」

「黙っていても誰かが食事を運び、服を用意し、寝床を整えてくれるなどと思ってはならない。それらにはすべて金がかかるのだ。今のあなたは一文無し。これからは何かものをもらったり世話をされたりしたら、必ず私を敬い、深く感謝するように。もしそれを拒否し、逆《さか》らうような真似をすれば……」

地を這《は》うような低い声が、クロエに絡み付く。

「契約不履行《ふりこう》として、すぐさま結婚を解消する」

「結婚を解消……？」

「当然だ。あなたは私が金で買った、契約妻なのだから」

（契約妻……つまり私は本当の妻ではないから、家族として扱うつもりはないということなの？）

クロエを追い詰めるように、彼が再び口を開く。

「さあ。言いたまえ。感謝を示す言葉を」

クロエがまごまごしていると、イルヴィスはそれを無視して料理を口に運んだ。

（結婚を解消されたら、お父様とお母様……それにアミールを探してもらえなくなる……）

クロエは膝を折り、冷たい大理石の床に跪《ひざまず》いた。

「イルヴィス様……。本日のお食事を、ありがとうございます……」

祈るように両手の指を絡ませ、震える声でそう口にする。イルヴィスは無言のままだ。

これでよいのか確信が持てないまま、クロエはおずおずと立ち上がり席についた。

黙々と食事を取りながら、イルヴィスの表情を窺《うかが》う。

イルヴィスは、実に優雅な手つきでナイフとフォークを使っている。

（貴族だとは聞いていたけれど、まるで上位貴族のようだわ……。なんて品のいい食し方……）

ついじっと見つめていたら、彼は突然鋭い視線をクロエに返してきた。

驚いたクロエはフォークを取り落としてしまい、カチャンと甲高《かんだか》い音が鳴り響く。

「……申し訳ございません」

これではクロエのマナーがなっていないみたいではないか。

そんなクロエを見ても、イルヴィスは無言で食事を続けている。

なんという気まずい食事だろう。

（最初は優しくしてくださったのに、どうしてこんなに冷たくなさるの？　何か機嫌を損《そこ》ねるようなことを言ってしまったかしら……）

ホテル自慢の魚料理も芳醇《ほうじゅん》な果実酒も、クロエには砂を噛むように味気なかった。

＊　＊　＊

食事を終えると、湯浴《ゆあ》みをするようイルヴィスから命じられた。

脱衣所に用意されたナイトウェアは、シフォンを重ねた淡《あわ》いピンク色のもの。胸の下でリボンを結ぶと、身体にふんわりと沿ってゆるやかなラインを描く。

薄い生地なので、このままだとショーツや胸が透《す》けてしまう。クロエは一瞬躊躇《ちゅうちょ》したが、一緒にガウンも用意されていたので、それを羽織《はお》って浴室から出た。

さっぱりしたクロエは、ソファで琥珀《こはく》色の液体が入ったグラスを傾けているイルヴィスに礼を言う。

「素敵なナイトウェアをご用意していただき、ありがとうございます」

イルヴィスは目の前に立つクロエを一瞥《いちべつ》すると、大仰《おおぎょう》に足を組みなおした。

「下着だろうが夜着だろうが、すべて私の金で用意したもの。もう少し真摯《しんし》な態度で礼を言いなさい」

クロエはまたしても困惑し、頬に手を当てて考えた。

（何をどう言えばいいというの？　これまで誰かに何かをプレゼントされても、ありがとうとしか口にしたことがない……。それだけでは不服だとおっしゃるの？）

黙り込んだクロエに、イルヴィスは呆れたように言葉を付け足した。

「食事と一緒だよ。一銭も持たないあなたに人並みの服が与えられたのだ。それなりの礼を尽くすべきだろう。さあ、そこに膝をついて私に感謝を示しなさい」

（ひどい……。まるで奴隷のような扱いだわ……）

あまりに残酷な要求に、クロエは身動きひとつできなくなってしまった。

（確かに何かをもらったら感謝を示すようにと言われたけど……。一日に何回こうやって礼をしないといけないの？　これからの人生、ずっと頭を下げ続ける日々になるの……？）

あまりにも無情な未来を想像して、目から熱いものが溢《あふ》れてくる。

「なぜ泣く？　単なる交換条件だ。私はあなたを最高の淑女《しゅくじょ》にするために投資する。あなたはそのたびに礼を言う。何もおかしいことはないだろう」

「わたくし……」

「泣くほどのことか？　誰かに何かをもらったら、それくらいの感謝は示して当然だろう」

クロエの目から涙が零《こぼ》れ、頬を伝《つた》って唇を濡らす。

唇の隙間から入り込んできた雫《しずく》の塩辛さを感じながら、クロエはそろそろと膝を床につけた。

「イルヴィス様……。服を買っていただき……誠にありがとうございます。心より感謝いたします」

これからも、食事や服を与えられるたびにこのような感謝を強要されるのかと思うと、クロエの心は壊れそうになる。

（毎日……朝も昼も夜も関係なく……？）

どうして、こんな目にあうのだろう。自分が一体何をしたというのだろう。

伯爵家の娘として、普通の日々を過ごしてきただけなのに。

両親の借金がすべての元凶なのだとしたら、お金とはなんと恐ろしいものなのだろうか。

だがお金さえあれば、クロエは自分で食事にありつけるし、衣類を購入することだってできる。寝床も調達できるし、プライドを捨てなくてもいいのかもしれない。

（お金さえ、あれば……）

クロエは身を小刻みに震わせ、とめどなく涙を流した。

「このまま寝室に行くか」

イルヴィスはクロエの手を取ると立ち上がらせ、隣の部屋に連れていく。

クロエは人形のようにがくがくと足を動かすだけで、もう顔も上げられなかった。

抜け殻《がら》のような状態のクロエを、イルヴィスがベッドに座らせる。

ベッドはキングサイズで、豪奢《ごうしゃ》な天蓋《てんがい》がついていた。ふかふかのクッションも並べられ、とても寝心地がよさそうだ。

ここで横になることにも、膝をついて感謝を示さなければならないのだろうか。それとも、床で寝ろと命じられるのだろうか。

そろそろと首を持ち上げて、背の高いイルヴィスを見上げる。

イルヴィスはジャケットを脱ぎ、ベッドの横にあるソファにばさりと投げ捨てた。

ネクタイの結び目を緩《ゆる》めながら、呆然とするクロエを見下ろす。

「どうした」

「わたくしもこのベッドで寝るのでしょうか？」

クロエの問いに、イルヴィスが目を見開く。

「当然だ。夫婦になるのだから一緒に寝るべきだろう」

そう返され、やっとこれから何が行《おこな》われるのかを理解した。

「あ……」

思わずイルヴィスから顔をそらし、俯《うつむ》いてしまう。

箱入り娘として育てられはしたが、この期《ご》に及んでイルヴィスが何をしようとしているのか分からないほど無知ではない。

男性に愛される自分を夢見たことだってある。

でも、こんな形でその日がやってくるとは思わなかった。

「自分で足を広げ、私を誘惑してくれてもいいぞ」

イルヴィスにそう言われ、クロエは思わず言い返した。

「無理です。できません」

イルヴィスが、くつくつと笑いながらベッドに片膝を乗せた。

からかわれたのだと気付いて、クロエの頬が熱くなる。

ギシリとベッドが軋《きし》む音がして、クロエはびくりと身を竦《すく》ませた。

イルヴィスがクロエの顎《あご》を掴み、強引に上向かせる。

「貴族の令嬢というのは暇を持てあましていて、情事にふけるくらいしかやることがないと聞いていたが、あなたはどうなのだろうな。期待しているぞ」

確かに社交界には、そのような女性が多数いると聞く。

華やかな蝶《ちょう》のように、男性から男性へと渡り歩く奸婦《かんぷ》たち。

クロエのことも、そんな悪女のひとりだと思っているのだろうか。

イルヴィスは「期待している」と口にした。

であれば、情事のときには、社交界に多いという『暇を持てあまして情事にふける女性』のふりをしたほうがいいのだろうか。

「しゃ……社交術なら、わたくしも上手なほうだと思いますわ。だっていただいた二件の縁談は、どちらも公爵家の方からでしたもの。でも、どちらもしっくりこなくてお断りしたのです」

悪女らしく振る舞うため、男を手玉に取っていたように言う。

すると顎《あご》を掴むイルヴィスの指先に、力が籠《こ》もったような気がした。だが、彼はすぐに指を離す。

「なら遠慮はいらないな。楽しめそうだ」

イルヴィスは歪《ゆが》んだ笑みを零《こぼ》し、クロエのナイトウェアの裾《すそ》をめくって、太ももに手を置いた。

「あっ……」

クロエは思わず足を引こうとしたが、屈強な身体でのしかかられ、動けなくなってしまう。

「怖いのか」

「い、いいえ……。急でしたので……驚いただけです」

怖いという感情より、羞恥《しゅうち》のほうが先にくる。

(こんなふうに異性に触れられるなんて……)

逃れようとすると、すぐさま力強い腕で戒《いまし》められた。

布越しに、イルヴィスの筋肉質な肉体を感じ、容易に押しのけられる相手ではないと悟る。

初めてのことにおののき、震える唇に、イルヴィスの薄い唇が重なった。

「唇を開いて舌を伸ばすんだ」

彼はクロエの耳元で囁《ささや》くように言った。

クロエはおずおずとイルヴィスの指示に従う。

全身を硬直させるクロエに、彼は深い口付けをしてくる。舌を絡め取られ、唾液がぴちゃりと水音をたてた。

アルコールの味がする。先ほどイルヴィスが飲んでいた酒だと気付いたときには、すでに酔《よ》ったように頭がくらくらしていた。

「なぜそんなに怯《おび》えている？　私には加虐心《かぎゃくしん》などないのだが、似たような気持ちになってくる。それとも、それがあなたの誘い方か？」

薄く笑われるが、クロエにはさっぱり意味が分からない。

しかし何も答えずにいたら、クロエが情事に慣れていないことが露見《ろけん》してしまう。

「え、ええ。こういうことは……駆け引きが大事ですから」

イルヴィスは目を細めると、口角を上げて笑った。クロエの顎《あご》に彼の指先が触れる。

「では、その駆け引きとやらに私も乗ってやろう。怯《おび》えたように震える芝居《しばい》も可愛いものだ」

先ほどのように強引に舌を絡めるのではなく、今度は掠めるように優しく口付けられ、思わず腰が浮く。

「甘く柔らかい唇だ。あなたの身体はどんな味だろう。気高く美しい薔薇《ばら》から零《こぼ》れる、蜜のような味に違いない」

吐息が唇にかかるほどの距離で、驚くほど甘い言葉を囁《ささや》かれる。

優しくゆっくりとした、そして飴《あめ》を含んだような言葉。

彼の低い声が鼓膜《こまく》を震わせ、すぐに腰まで切なく響いてくる。

イルヴィスの唇が移動し、クロエの耳朶《じだ》を食《は》んだ。

「あぁ……っ……」

耳から首筋にかけてゾクゾクとした淫猥《いんわい》な痺《しび》れが走る。

クロエは初めて感じる刺激に、思わず身を竦《すく》めた。

イルヴィスの舌が耳殻《じかく》を這《は》うだけで、下半身から妙な疼《うず》きが駆け上がってくる。

「どうした？　やけに敏感なようだな。私がここを強く吸ったらどうなるか……」

イルヴィスの唇が耳の下あたりを、きゅっと吸い上げた。

くすぐったさと痛みと、そして言葉にならない快感が腰から脳まで突き上げる。

「ああっ……ん……」

首筋を強く吸われて、クロエは思わず嬌声《きょうせい》を上げた。

痛いはずなのに、快楽で身体の芯が蕩《とろ》けそうになる。

再びイルヴィスの唇がクロエの唇に重なった。クロエは自《みずか》ら口を開けてみる。

「そう。私に奉仕するように、もっと舌を伸ばして」

イルヴィスの命令に従い、クロエは素直に舌を差し出した。

彼の指先は、いつの間にか太ももからショーツの内側に入り込んでいた。

口付けと同時に、ショーツの中で花弁を撫《な》でたり摘まんだりされる。

「あっ……」

イルヴィスがクロエの唇に吐息を当てながら、ふっと笑った。

「濡れている」

クロエの頬が、かあっと熱くなる。

イルヴィスの舌がクロエの口内に入り込み、縦横無尽に舐《な》め上げていった。

「ふっ……うぅん……。あぁん……」

舌で歯列をなぞり、クロエの舌に絡めて舐《ねぶ》ってきた。

ぬちゃりと湿った音が響いて、足の付け根からじわりと蜜が染み出てくる。

ショーツが濡れているのがわかり、クロエは恥ずかしさのあまり足をくねらせた。

その拍子にイルヴィスの下半身に腰を押し付けてしまい、熱く滾《たぎ》った硬いものに悲鳴を上げる。

「積極的だな。自《みずか》ら擦り寄せてくるとは。さすが社交界で男を渡り歩く蝶《ちょう》といったところか」

「え……。ちがっ……んんっ」

とっさに否定しようとしたクロエの口は、再び熱い口付けによって塞《ふさ》がれる。

（身体がおかしくなる……。蕩《とろ》けていく……）

彼の舌がぬるぬると口腔《こうこう》を貪《むさぼ》り、唾液が口端からつーっと零《こぼ》れ落ちる。イルヴィスはそれに気付くと、クロエの頬に舌を這《は》わせて舐《な》め取っていく。

「あっ……やぁ……」

何度も舌を強く吸われながら、花芯をぐりぐりと親指で押される。

捏《こ》ねくりまわされたり、左右から交互に弾《はじ》かれたり……そのたびに、クロエの腰や太ももがびくんびくんと痙攣《けいれん》した。

秘部から滲《にじ》み出る蜜を利用して、イルヴィスの指がもっと奥へ侵入しようとする。

「はぁ……やん。やぁ……」

「狭いな。まるで生娘《きむすめ》のようだ」

そう言いながら彼はクロエの膣口《ちつこう》をくちゃくちゃと弄《いじ》り、舌でクロエの口腔《こうこう》を暴いていく。

彼の指先が少しばかり膣《ちつ》に埋め込まれただけで、クロエの身体は硬直した。

それと同時に、ちゅっと音をたてて彼の唇が離れていく。不思議そうな色を浮かべた黒い目が、クロエの顔を覗き込んでいた。

「どうした。どうしてそんなに身を強《こわ》ばらせている」

——初めてだから。

そう口にしては興醒《きょうざ》めだろうか。

彼は社交界で蝶《ちょう》のように遊ぶ小粋な女性を望んでいる。自分はそれとは正反対の面白みのない女ですと、今さら申告できない。

かといって、こんな恥ずかしい部分を探られて、平然としていることもできなかった。

怯《おび》えるクロエに、彼が困った顔をする。

「あなたを怖がらせているつもりはないのだが」

「名前……」

「何？」

「名前で呼んでくだ……さ……」

『あなた』という呼び方は他人行儀だし、距離感がある。せめて初めての夜だけでも妻らしく扱ってもらいたい。

そうすれば、ちょっとだけ怖くなくなるような気がする。

ささやかな願いを込めて、クロエは潤《うる》む目でイルヴィスを見返した。

「お願いです。どうかクロエ、と……」

「クロエ」

深みのある低い声が、クロエの耳から腰まで緩《ゆる》やかに響いてくる。その声音は優しくて、少しだけ気持ちが落ち着いた。

イルヴィスはふうと嘆息《たんそく》すると、シーツに波打つ金髪をさらりと撫《な》でた。

「そんな頼みごとなら、さっさと言えばいいものを。名を呼ばれない程度で怖がるとは、まだまだだな」

イルヴィスは上半身を起こすと膝立ちになる。

「今からクロエを私のものにする。充分に楽しませてやるから好きなだけ感じるがいい」

彼はそう言うとシャツを脱ぎ始めた。

次第に露《あら》わになる屈強な裸体《らたい》に、目が釘付けになる。

首にも肩にも胸にも、美しくなめらかな筋肉がのった、逞《たくま》しい身体。

（まるで美術館に飾られている彫像みたいだわ……。芸術品みたいな美しさ……）

だがよく見れば、イルヴィスの身体にはあちこちに細かい傷跡があった。

それがとても野性的で、彼の男性美を際立《きわだ》たせる。

クロエは上半身を軽く起こすと、衝動的にイルヴィスの胸の傷に触れた。

古傷だと思うが、ところどころ皮膚が盛り上がっている。

「触れてくれるというのなら、私としてはこちらのほうがいい」

笑いながらそう言うと、彼はクロエの手を取り自《みずか》らの下半身へ誘導した。

「あっ……」

トラウザーズ越しでも形がくっきりと分かるほどに膨張した男性器。

イルヴィスがトラウザーズと下穿《したば》きを一緒にずらし、欲望の塊《かたまり》を取り出した。

「さあ、クロエ。私の雄に触れてくれ」

黒曜石《こくようせき》の双眸《そうぼう》が、薄暗い灯火《ともしび》の下で淫靡《いんび》に光る。

クロエは触ってくれと言われた、彼のモノに視線を移す。

男性器を見るのも触るのも初めてのクロエは、滾《たぎ》った欲望の大きさにただ怯《おび》えるばかりだ。

けれど、触れろと命じられた以上は、やらなければならない。

手に余るほどに大きな欲望の証《あかし》をじっと見つめ、そろそろと指を伸ばした。

指先にイルヴィスの雄が触れた瞬間、伝わってきた熱に思わずたじろぎ、さっと手を引いてしまう。

イルヴィスが苦笑を零《こぼ》す。

「クロエ、手でも口でもいい。私を満足させてくれ。そうしないと先へ進めない」

（先……。先とは……？）

性交の経験がないクロエは、イルヴィスの言う『先』が何を意味しているのか想像できなかった。

だが、躊躇《ちゅうちょ》している暇はない。もたもたしていると、クロエが彼の求める女性とはほど遠いと露《ろ》見《けん》してしまう。

「さあ」

誘導され前屈《まえかが》みになると、先端に透明な液を滲《にじ》ませた太く長い男の証《あかし》が、隆々《りゅうりゅう》とそびえていた。

間近で見ると、その迫力に圧倒されてしまう。

イルヴィスの浅黒い肌をもう少し濃くした色合いで、赤黒い血管が浮き上がっている。

頭上からイルヴィスの視線をちりちりと感じ、クロエはすぐさま唇を開いた。

舌先を伸ばし、先端の蜜にそっとあててみる。

イルヴィスが異国の出身だからか、潮風の匂いと味が舌先から鼻腔《びこう》に抜けた。

（どうすればいいの。このまま舌で舐《な》めればいいの……？）

猫がミルクを飲むように、ぴちゃぴちゃと先をひたすら舐《な》める。

思いの外《ほか》、嫌悪感はなかった。それよりも大きさのほうが気になった。

両手に収まらず持てあましてしまうし、肉棒の先しか舐《な》めることができない。

「その小さくて可愛い唇を大きく開き、すべてを咥《くわ》え込んでくれ」

（これをすべて……？）

クロエは一瞬戸惑ってしまったが、言われたとおり大きく口を開き、イルヴィス自身を口腔《こうこう》へ収める。

見事な男性器の先端は、すぐにクロエの喉まで到達した。

先ほど一生懸命舐《な》め上げていた鈴口が、今はクロエの咽頭《いんとう》の襞《ひだ》をぐっぐっと押してくる。

「んぐっ……っんん……」

「そうだ。そのまま舌を使って、裏筋を舐《な》め上げてくれ」

苦しいなんてものではない。咽《む》せそうになって、涙が込み上げてくる。それでもクロエは必死で彼を咥《くわ》えながら舌を使った。

ぐちゅり、ぐちゅりと濡れた音が鼓膜《こまく》に響く。その淫猥《いんわい》さにクロエの羞恥心《しゅうちしん》が刺激され、つい舌の動きを止めてしまった。

「ふぁ……」

下手だと呆れられたかもしれないと不安になり、涙で滲《にじ》んだ瞳をそっと上げてみる。

だが、彼は熱のこもった目でクロエのことを見下ろしているだけだ。

「もっと舌を使って、唇と口腔《こうこう》で締めるんだ」

そう言われても嘔吐感《おうとかん》が込み上げ、上手く舌も使えないし頬張《ほおば》ることもできない。

涎《よだれ》とイルヴィスの先走った液が混ざりあって、クロエの口端からだらだらと流れ落ちた。

ぼやけた視界の先で、イルヴィスの黒々とした茂みが唾液でてらてらと光っている。

「んっ……んんっ……」

ずるりと音をたてて、イルヴィスの肉棒が抜き出された。

「思ったより慣れていないようだな」

「……申し訳ございません」

「構わない。手でも口でもいいと言ったのに、素直に口を選んだことだけは評価しよう」

イルヴィスは不安顔のクロエをよそにベッドから下りると、膝のあたりで引っかかっていたトラウザーズをすべて脱ぎ落とした。

一糸《いっし》まとわぬ男性の裸体《らたい》が、目前に立つ。

「あっ……」

上半身だけでなく下半身まで見事な筋肉で覆《おお》われていて、思わず感嘆の声を漏らしてしまう。しなやかで色っぽい腰骨、引き締まった大腿《だいたい》。ふくらはぎまで筋肉がしっかりついており、実に逞《たくま》しい。

そんな下半身にも、細かい傷跡が見て取れた。

(この傷は特に大きいわ……)

膝から向こう脛《ずね》にかけて、他の傷よりも明らかに深く大きな傷跡があった。

(イルヴィス様が杖をついているのは、この傷が原因……?)

イルヴィスは再びベッドに膝を乗せると、シュルッと音をたててクロエのナイトガウンの腰紐をほどいた。

ガウンの前がはだけ、薄いナイトウェア越しにふくよかな乳房が透《す》けてしまう。

「お、お待ちください」

「どうした？」

イルヴィスは、強い力でクロエの身体をひっくり返すと、あっという間にナイトガウンを脱がしてしまった。

クロエはすぐに両手を胸の前で交差させ、両足をぴったりと閉じる。

「このナイトウェアは、あまりに透《す》けていて……」

「分かっている。似合うと思って調達させたものだ」

「見えてしまいます。は、恥ずかしい……です」

それを聞いたイルヴィスが、部屋中に響き渡るような声で大笑いした。

「冗談を言っているのか。おれはもう裸だ。クロエも脱げ」

（あら？）

イルヴィスは先ほどまで、自《みず》らのことを『私』と言っていたような気がする。

いつの間に『おれ』に変わってしまったのだろう。

イルヴィスはクロエをベッドに押し倒すと、ナイトウェア越しにクロエの乳房を掴んだ。

「あ……」

イルヴィスの大きな手のひらが、胸の膨《ふく》らみを下から上へ掬《すく》うように持ち上げる。

「あっ……やぁ……」

ひとしきり揉まれたあと、人差し指と親指で頂《いただき》を摘まれ、クリクリと捏《こ》ねられた。

「あっ、やぁ……」

無意識に甘い声が漏れてしまい、恥ずかしくてたまらなくなる。

イルヴィスは構わず、指の腹で弧を描くように乳首の先を撫《な》でまわしたり、人差し指で弾《はじ》いたり、時折キュッと摘まみ上げたりを繰り返す。

胸の突起が、次第にぷっくりと大きく盛り上がってきた。そんな自分の身体の反応に戸惑い、クロエは身を捩《よじ》る。

「やぁ……イルヴィス様……。そこは……」

こそばゆいのに痛い。痛いのに、むず痒《がゆ》い。

乳首の先端で熱が生まれ、それが腰のほうへ下りてくる。

どうしてだろう。触られているのは胸なのに、腰がこんなにも熱い。初めての感覚に、クロエは混乱した。

ナイトウェアのシフォン生地と乳首の先が擦《こす》れて、もうたまらない。

「あぁ……ダメ、ダメ……やぁ……」

「可愛い声で、抵抗とも言えぬ抵抗か。実に愛らしいな」

イルヴィスの低い声が鼓膜《こまく》に響き、それすら腰を甘く疼《うず》かせる。

クロエは必死で足を閉じようとしたが、イルヴィスが強引に割って入り、熱の籠《こ》もる場所を大きく開かされた。

関節の太い指が、器用に胸下のリボンをほどき、ナイトウェアを肩からずり下げる。

クロエは再び、自分の胸を両手で隠そうとした。

だが、イルヴィスに両手首をあっさり掴まれ、耳の横で押さえつけられる。

男の力で押さえ込まれ、クロエの心臓がドクンドクンと高鳴った。

丸見えになった乳房がイルヴィスの眼前でふるふると震えて、あられもない姿を晒《さら》してしまう。

「大ぶりで形のいい胸だ」

そう言うとイルヴィスは、クロエの胸の谷間に顔を埋《うず》めた。

「あっ……」

イルヴィスの唇がクロエの右側の突起を啄《ついば》む。

唇でやわやわと食《は》んだり、舌を小刻みに震わせたり、突起の周りを何度も舐《な》め上げたり。

「ああ……んっ」

そこにかりっと歯をたてられ、クロエは頤《おとがい》を天に向けて首をそらした。

その隙を突いて、イルヴィスがクロエの鎖骨に噛みついてくる。

甘噛みされたそこに、じんじんとした疼《うず》きが広がった。その跡を労《いたわ》るように舌で舐《な》められ、クロエはイルヴィスの口技に翻弄《ほんろう》される。

(全身が麻痺《まひ》してるみたい……。もうダメ……)

鎖骨を舐《ねぶ》った舌は、反対側の胸へ向かった。

胸丘のふもとから頂《いただき》に向けて、つつーっと舐《な》め上げてくる。

「はぁ……ん……やぁ……」

待ちかねたように、突起がふるふると震えるのが分かった。

驚くべきことに、イルヴィスの愛撫《あいぶ》を身体と本能が待ち望んでいる。

クロエの精神と身体が快楽に揺らいだのを見事に看破《かんぱ》し、イルヴィスは喉を震わせて笑う。

「感じているようだな」

彼はしゃべりながら舌で突起をつんつんと突《つつ》く。そうされると、敏感な部分に微弱な電流が走る。

イルヴィスの揺れる黒髪がクロエの顎《あご》と首筋をくすぐり、快楽を後押しした。

「果実みたいなこれを……おれが全部食ってやる」

イルヴィスはクロエの腰を荒々しくかき抱くと、そのまま捕食するかのように、胸の頂《いただき》にかぶりついた。

「きゃぁぁぁぁっ……」

腰が浮き、クロエは思わず背をそらす。

イルヴィスの手はクロエの身体を片手で抱きしめ、もう片方の手は首筋から胸、そして鳩尾《みぞおち》あたりを這《は》いまわる。

「あんっ……ああっ……はぁっ……」

嵐のような手荒い行為に、心がどこかへ飛ばされそうだ。

クロエの息が上がり、さらなる快楽を身体が求め始める。

それは足の付け根に顕著《けんちょ》に表れた。

イルヴィスの与える荒っぽい愛撫《あいぶ》に、クロエの下腹あたりがきゅんと疼《うず》き、官能が身体の奥深くへと広がっていく。

感じている証《あかし》がショーツをしとどに濡らし、太ももまで伝っていた。

クロエは痴態《ちたい》を晒《さら》していることが恥ずかしくて、足をぴったりと閉じた。

それに気が付いたイルヴィスは、上半身を起こしクロエの両膝を持つと、大きく割り開く。

クロエは慌ててその行為を止めようとしたが、男の力に敵《かな》うわけがない。

はしたなく濡れたショーツを、イルヴィスにしっかりと見られてしまった。

「だ、ダメ……見ないで……」

何をどう訴えても通じないと分かっているのに、必死で懇願《こんがん》した。

愛蜜がショーツだけでなく、ナイトウェアやベッドのリネンシーツまで濡らしている。

イルヴィスはクロエの太ももに手をあてがうと、ぐいと押し上げた。

尻が持ち上がり、濡れたショーツがイルヴィスの眼前に晒《さら》される。

「やっ、やぁ……見ないで、見ないでくださいませ……」

「どうした。これくらい慣れたものだろう。それともこの国の社交界では、感じているのにわざと抵抗する遊びでも流行《はや》っているのか。まったく理解できない世界だな」

クロエの訴えを無視した彼は秘所に顔を近付け、ショーツ越しにクロエの花弁を唇と指で弄《もてあそ》び始めた。

「あぁ……」

イルヴィスは大きく開かれた両足の間に顔を埋《うず》め、ショーツの上から舌で花弁をぐりぐりと押したり、指できゅっきゅっと捻《ひね》ったりを繰り返す。

腰の下にクッションを差し入れられ、腰を浮かせた格好で固定される。クロエは足をばたつかせるが、イルヴィスに足首を掴まれ、太ももが腹につくまで折り曲げられてしまった。

身体の中心に熱が集まる。下腹の奥がざわつき、イルヴィスの舌先が触れる場所に熱が灯《とも》る。

その熱に呼応するように、何かがじわりと染み出していく。

愛蜜がショーツから滲《にじ》み出たのを見て、イルヴィスはすぐさまそこに吸い付いた。

「いやぁ……。恥ずかしいからっ……んっ……触らないで……」

クロエの懇願《こんがん》を当然のように無視したイルヴィスは、手のひらで滑《すべ》らせるようにショーツをずり下ろした。

それをクロエの片足に引っかけると、今度は舌で直《じか》に触れてくる。

「やあっ……」

クロエは短い悲鳴を上げた。花弁が、温かく濡れたものに包まれる。

押しのけようとしてイルヴィスの頭に手を当てると、すぐさま手首を掴まれた。

「こういう場面では、男の髪を優しく梳《す》くものだ」

「うっ……。ふぅ……」

そう言われては、そのとおりにするしかない。

イルヴィスが再びクロエの秘所にざらついた舌を差し込む。クロエは揺れる黒髪におずおずと指を這《は》わせた。

するりと指を滑《すべ》らすように撫《な》でる。

思いの外《ほか》柔らかい髪質までもが、クロエの指先に快感を与えた。

「……ふぁ……やぁ……ん。ダメ、ダメぇ……」

イルヴィスは舌で花弁を、指で蜜壺を同時に攻めてきた。

執拗《しつよう》にクロエの秘所を舐《な》めしゃぶり、花弁を指で開き、奥に隠れていた花蕾《からい》をぐにぐにと押してくる。

とある場所に、イルヴィスの濡れた舌が触れた瞬間——

腰から脳に向かって電流が走り、クロエの全身がふるふると震えた。

「ああっ……。そ、そこ……は……」

豆粒ほどの小さな花蕾《からい》は、イルヴィスが施《ほどこ》す愛撫《あいぶ》によってすぐさま花開き、蜜壺から愛の露《つゆ》を滴《したた》らせる。

「あっ……。あっ……」

舌で花蕾《からい》を捏《こ》ねられ、指で蜜壺の入り口を浅く探られて、クロエは息も絶え絶えになる。

(これ以上、この責め苦に苛《さいな》まれたら、おかしくなりそう……)

ひくひくと腰を揺らし、身体を犯《おか》す疼《うず》きに懸命に耐えていたら、イルヴィスが面白そうに言った。

「腰が淫《みだ》らに揺れている。感じているな」

イルヴィスがクロエの秘所に、ふっと息を吹きかけた。

その熱い吐息にすら、敏感な秘所は瞬時に反応し、ビクビクと腰を揺らしてしまう。

クロエには、もはや快楽を抑え込むことのほうが苦痛だと思えた。

でも、自《みずか》ら欲しそうに腰を揺らすなんて恥ずかしい。

「も、申し訳……ござ……」

クロエが顔を火照《ほて》らせて羞恥《しゅうち》に耐えていると、イルヴィスが不思議そうな顔をした。

「もっと乱れていいんだぞ。感じたままに声を上げてくれ。おれが与える愛撫《あいぶ》に理性すら投げ捨てて、思うがまま感じればいい」

イルヴィスはクロエの躊躇《ちゅうちょ》を無視して、再び秘所からわき出た蜜を舌で掬《すく》い上げた。

「あんっ……」

切ない疼《うず》きに耐えきれなくなったクロエは、黒髪に差し入れた指に力を込め、腰を揺らして舌技に酔《よ》いしれた。

イルヴィスはぬちゃぬちゃと、わざと大きな音をたてて舌を上下させる。

「あっ……」

クロエはびくんと震えて身を捩《よじ》ったが、逆に下腹の奥が切なく疼《うず》いてしまった。蜜壺の襞《ひだ》を無意識にひくひくと蠢《うごめ》かせてしまう。

「……んぁっ……やぁ……」

イルヴィスは顔を上げ、今度は指でくちゃくちゃと花弁を弄《いじ》り始める。唾液と愛蜜で滑《すべ》りのよくなったイルヴィスの指が蜜壺の浅い部分をかきまわした。

「感じるのか。それとも足りないのか」

「い、いえ……」

そのどちらでもないと口にしようとした瞬間――

イルヴィスの指が、ぐぐっと膣内《ちつない》に差し込まれた。

「濡れてきたな。もう少し可愛がってやれば、おれのものが挿入《はい》るだろう」

「む、無理です」

クロエが即答すると、イルヴィスがムッとした。

「無理とはどういう意味だ」

クロエは指を差し込まれたまま必死で訴える。

「イルヴィス様の……とても大きくて……。そんな長くて大きなもの……挿入《はい》るわけがありません」

それを聞いたイルヴィスは、目を大きく見開いた。

「それは、おれのものがお前の知る誰よりも大きいということか」

これまでにこのような経験をしたことなど一切ないが、とにかく大きすぎると伝えたくて頷《うなず》く。

するとイルヴィスは機嫌よさげに、膣壁を一周するように指をぐにぐにとかきまわした。

「試してみるか」

「やっ……動かしたら……」

そう言いかけたところで、膣内《ちつない》がぐっと押し広げられる感触が伝わってきた。

「はぁっ……」

突然襲ってきた鈍い痛みに、クロエは顎《あご》をそらして息を詰める。

イルヴィスの指が一本から二本に増え、クロエの膣《ちつ》を大きく押し開いた。

「い、痛い……」

「痛い？　だいぶ解《ほぐ》れているが」

イルヴィスはそう言って、クロエの膣内《ちつない》を探るように動かした。

「はぁ……っ」

指が動くたびに、内ももがぴくぴくと震えてしまう。

自《みずか》ら足を大きく開き、秘所をイルヴィスにさらけ出してしまっていた。

下腹の奥がむずむずとして、胸がきゅーと切なく軋《きし》む。

羞恥《しゅうち》よりも先に、もっと奥をかき乱してほしいという欲望がクロエを支配した。

イルヴィスがクロエの太ももを肩に乗せ、その内側に吸い付く。

強く吸われると、ちくりとした痛みが股間の敏感な部分にまで伝わり、肌が粟立《あわだ》つほどの快感に変えてしまう。

「あっ……あぁ……ん……」

イルヴィスは指を蠢《うごめ》かしながら再び舌をクロエの花弁に這《は》わせる。秘裂を割り、奥に隠れていた豆粒ほどの突起を押しつぶした。

「あっ……あぁっ……」

クロエの全身がブルブルと震えた。

花芯を弄《いじ》られると、膣内《ちつない》を押し広げられる痛みを忘れるほどの愉悦《ゆえつ》が襲ってくる。

（……どうして？　どうして、そこがそんなに感じるの……？　待って、もう、それ以上は……）

なんというもどかしさ。指で膣内《ちつない》を押し広げられ、秘所を暴かれ、自分でも知らなかった一番感じる場所を舌で突《つつ》かれている。

「あっ……ああっ……。いい、……いい……の……」

クロエはイルヴィスの髪に指を絡ませ、くしゃくしゃとかきまわした。

「いいぞ、クロエ。おれの指をきゅうきゅうと締め付けてくる。指を増やすぞ」

指では足りない、もっと決定的な刺激が欲しい。

「あぁ……ん。イルヴィス様……お願いです……」

「なんだ？」

「そこが熱くて、ジンジンして……。欲しいのです。もっと強い快楽が……」

「自《みず》ら欲するとは、猥《みだ》りがましいな」

「だって……」

先ほどまでは、恥ずかしいと思いつつも、必死で悪女のふりをしていた。

けれど、もうそんな演技のことは忘れてしまう。

快楽がクロエの心を押し流し、愉悦《ゆえつ》の深淵《しんえん》に突き堕《お》とす。

「イルヴィス様の唇と指が……わたくしを……」

淫乱な女へと貶《おとし》めるのです。

クロエは声を発することなく唇だけでそうつぶやく。

羞恥心《しゅうち》でさえも快感を後押しするらしく、クロエは下腹の奥がきゅっと疼《うず》くのを感じた。

イルヴィスが目を細め、満足そうな顔でクロエを見下ろす。

「少し早いかもしれないが、クロエの望みどおりにしよう」

彼が太ももを肩に担《かつ》いだままクロエの腰を掴み、剥《む》き出しになった秘所に自分の下半身を近付けた。

イルヴィスの舌と指で蕩《とろ》かされ、ぐずぐずに解《ほぐ》されて淫《みだ》らに濡れた部分を、劣情を宿した目が覗き込む。

「クロエ。覚えておくんだ」

名を呼ばれ、クロエは白魚《しらうお》のような指を噛みしめながら見返した。

「金で買ったとはいえ、おれは正真正銘あなたの夫だ。この美しい身体を思うがまま蹂躙《じゅうりん》し、おれの色に染め上げる」

イルヴィスの腰が、クロエの淫猥《いんわい》に濡れそぼった秘所に押し当てられた。

「見かけは貞淑で清楚《せいそ》な淑女《しゅくじょ》でも、内面はおれだけを求める淫乱な女に仕立て上げてやる」

「ああっ……」

指とは比べものにならない、強烈な圧迫感のあるものに、ぐぐっと膣内《ちつない》が押し開かれた。

イルヴィスの雄は燃えたぎるように熱く、鋼《はがね》のように硬く、そして淫靡《いんび》な蛇《へび》のようにずるずると挿入《はい》り込んできた。

「あっ……ああっ……」

欲望の熱を宿した凶器がクロエを突き上げる。めりめりと押し開かれて激痛がクロエを襲った。

「痛っ……い……ぁっ……痛いっ……！　やっやぁ……」

あまりの痛さに逃れようとしたが、イルヴィスの筋肉質な腕がクロエの肩をしっかりと押さえてしまう。

「狭いな。解《ほぐ》し足りなかったか」

「あっ……あっ……」

「苦しいか？」

苦しくないわけがない。しかし、それを正直に言ったら世慣れていない女だと思われてしまう。だから必死に耐えた。その姿がイルヴィスの目にどう映っているのか、気にかける余裕すらない。

「おれの動きに合わせて腰を動かすんだ」

彼はクロエの耳元で、そう囁《ささや》いた。

腰をゆっくりと前後させながら、欲望を押し進めてくる。

イルヴィスの肉棒に少しずつ膣内《ちつない》を侵食され、クロエは頭を横に振って痛みを訴えた。

「痛いのは今だけだ。次からは自《みず》らおれを求め、淫《みだ》らに腰を振るようになる」

(こんな痛みを自《みず》ら欲するなんて……。あり得ない、あり得ないわ。ああっ……でも、でも……)

イルヴィスの生命を感じる。どくんどくんと波打つ血流と、灼熱《しゃくねつ》の息吹《いぶき》、そして……

「ああっ……。深い……。奥まで……くる……」

クロエの奥深くを犯《おか》すそれから、イルヴィスの活力を感じる。

「はぁ……。ああ……ん。やぁ……」

「辛ければ腰を動かすといい。意識を悦《よろこ》びへと向けるんだ」

クロエは必死で歯を食いしばり、目を瞑《つむ》っていたが、イルヴィスの荒い息を感じ、そっと薄目を開けた。

彼は眉間《みけん》にくっきりと皺《しわ》を寄せ、額にうっすらと汗を滲《にじ》ませている。クロエの肩を抱きしめたまま、ベッドの反動も利用して逞《たくま》しい上半身を上下に揺らしていた。

乳房がイルヴィスの厚い胸板に擦《こす》られ、胸の頂《いただき》が彼の肌に滲《にじ》む汗を弾《はじ》くたび、クロエの心に潜《ひそ》む女の部分がむくむくと目を覚ます。

彼を受け入れるため、本能が身体を変えていく。自《みずか》ら腰を揺らし、蜜を生み出して、イルヴィスの抽送《ちゅうそう》を手助けしようとする。

ギチギチにはまり込んでいた陰茎は、クロエの動きと愛蜜の助けを借りて、ぐちゅぐちゅと淫猥《いんわい》な音をたてて滑《すべ》るようになっていた。

「いい濡れ具合になってきた」

そう言うと、イルヴィスは上半身を倒してクロエの唇をぺろりと舐《な》めた。

その拍子に、彼の肩に乗せられていた足が、より深く折り曲げられる。

クロエの腰がさらに浮き、イルヴィスは真上から激しくクロエの膣《ちつ》に肉棒を打ち付けた。

痛みを凌駕《りょうが》する別の何かが、結合された部分からじわりと広がっていく。

「ああっ……。あぁっ……。ああん、ああっ……」

イルヴィスは浅い所を細やかに抜き挿《さ》ししたり、奥深くに杭を打ち込んだまま腰をまわしたりと変化をつけ始めた。口付けされながら、激しく腰を使われる。

痛みが和《やわ》らいでくると、今度はくすぐったい痺《しび》れのようなものに支配された。

「あそこがうねっている。感じているのか」

イルヴィスが腰を激しく打ち付けながら、面白そうに訊《き》いてきた。

返答などできるわけがない。

クロエはもう息も絶え絶えで、迫り来る愉悦《ゆえつ》の波に意識を失いそうになっていた。

膣内《ちつない》でイルヴィスの男が暴れる。そこから突き上げる快感が脳を支配していく。

「ああっ……イ、イルヴィス様……いい、いいの……」

クロエが我を忘れてそう叫ぶと、すぐにイルヴィスの唇で口を塞《ふさ》がれた。舌をぬちゃぬちゃと絡ませながら膣内《ちつない》を激しく犯《おか》される。

身体中の感覚すべてが快楽に染まりそうだ。クロエはなんとか意識を保とうと必死で舌を伸ばし、イルヴィスの口腔《こうこう》を舐《ねぶ》った。

「ふっ……ふぅっ……はぁっ……あっ……」

腕を伸ばして逞《たくま》しい背中をかき抱く。

お互いを抱きしめ合う形になると、イルヴィスの腰が一層激しく動いた。

クロエもその律動に合わせて腰を動かそうとしたが、速すぎてもうついていけない。

置いていかれまいと、イルヴィスの厚い胸板に頬を寄せる。

「あっ……っつ……あ……ああっ……」

「イくぞ、クロエ」

「え……イく……？　あっ、やあっ……！　あっ、ああ——」

イルヴィスがさらに腰の動きを速めた。がくがくと全身を揺さぶられ、目の前が白く染まっていく。

「ああぁ——っ！」

クロエの膣《ちつ》が蠢《うごめ》き、うねり、イルヴィスの雄に絡み付く。

そして膣内《ちつない》に熱いものが迸《ほとばし》り、クロエはびくびくと全身を痙攣《けいれん》させた。

「あっ……あっ……。ああ……」

クロエの膣内《ちつない》が打ち震え、放たれた体液を貪欲《どんよく》に呑み込もうとうねっている。

イルヴィスの愛欲の証《あかし》を受け止めたクロエは、陶然《とうぜん》とした心地でがくりと背からベッドに落ちた。

すべてを出し切ろうとしているのか、イルヴィスが再びクロエの膣内《ちつない》にずんっと挿入《そうにゅう》する。

「あっ……。ぁあん……」

ビリビリとした痺《しび》れが腰を襲い、嬌声《きょうせい》が零《こぼ》れてしまう。

イルヴィスが腰を少しだけ引くと、膣内《ちつない》に空洞ができてしまったような気がして寂しくなる。

（ああ……。彼のものが……抜けていく……）

気付くとクロエは、自分の膣《ちつ》から愛液が流れ出ないよう、ぎゅっと下腹を引き締めていた。

すると彼が色気のある声で「うっ……」と唸《うな》り、腰の動きを止める。

「孕《はら》みたいのか」

そう問われたが、意味が理解できず答えられない。

ただクロエは、彼が自分の中から出ていかなかったことが嬉しかった。

彼と繋がったままの体勢でしばらく息を整える。

目の前に彼の逞《たくま》しい肩と胸があった。ふと、一番大きな傷跡に指を伸ばす。

クロエが何か言うより先に、イルヴィスが口を開いた。

「造船所で爆発事故が起こり、飛んできた船の破片が当たった。これはそのときの傷跡だ」

衝撃的な内容に驚き、すぐに指を引く。

鼓膜《こまく》を突き刺す轟音《ごうおん》。赤黒く燃えさかる炎。倒れ込み、泣き叫ぶ人々。

まるで見たことがあるかのように、その光景が脳裏《のうり》に浮かんだ。

「あ……」

嫌な汗が滲《にじ》んできて、クロエの身体が震える。

「怖い……大きな音……あちこちで火が……。いっぱい、怪我だらけの人が……」

心臓がドクドクと早鐘《はやがね》を打ち、今にも意識が遠のきそうになる。

すると逞《たくま》しい腕が伸びてきて、ふわりとクロエを包み込んだ。

「大丈夫だ。それはもう何年も前のこと。怖がる必要はない」

彼にぎゅっと抱きしめられると、すぅっと気持ちが落ち着き、心音も収まっていく。

傷だらけの逞《たくま》しい胸に、クロエは華奢《きゃしゃ》な身体を委《ゆだ》ねた。

彼の落ち着いた心臓の音が、クロエを安心させる。

なぜだろう。その傷を労《いたわ》らねばという感情がふつふつとわき、指先をつつっと這《は》わせてみる。

「くすぐったいな」

情事のあとの甘やかなひととき。彼は安堵した様子のクロエを確認し、ゆっくりと自身を抜き出した。そのまま横に寝転び、しっかりと抱きしめてくれている。

頭は重く、全身の筋肉が軋《きし》んで動かない。

それでも、彼の体温が心地よくて、身体から力が抜けていった。満足そうなイルヴィスの表情を確認すると、クロエはゆっくりと瞼《まぶた》を伏せる。

消えゆく意識の中、さざめくような低い声が鼓膜《こまく》に響いた。

「気高く美しいクロエ。早くおれのところまで堕《お》ちてこい」

＊＊＊

窓から差し込んでくる明るい陽光に、瞼《まぶた》の裏を刺激された。

「ん……」

目が覚めたとき、クロエはひとりベッドで寝ていた。

一瞬、ここはどこで、何をしていたのか理解できず戸惑ってしまう。

けれど全裸《ぜんら》であることや、高級な調度品が並ぶ室内を目にして、自分が今どのような立場にあるのか思い出した。

「イ……イルヴィス……様……？」

名を呼ぶが、どこからも返事はなく、寝室には他に人気《ひとけ》もない。

クロエはソファの上にかけられているガウンを取ろうと、そろそろとベッドから下りた。

ところが足の指が床についた瞬間、そのままがくりと崩れ落ちてしまう。

「あっ……」

太ももががくがくと震えて、上手く立ち上がれない。冷たい大理石の上で座り込んでいると、頭上から声が降ってきた。

「どうした」

隣室から現れたイルヴィスに、クロエは身を竦《すく》める。

裸体《らたい》を見られたことに今さらながら羞恥《しゅうち》を覚え、自《みずか》らの手で身体を隠した。

「も、申し訳ありません。足に力が入らなくて」

イルヴィスはもうすでにシャツとトラウザーズを着用しており、髪にも櫛《くし》を入れたようで、身だしなみをきちんと整えていた。

彼は床にしゃがみ込むクロエを見て、困った顔をする。

自分だけが行儀の悪い人間のようで、クロエは恥ずかしくなってしまう。

「湯浴《ゆあ》みをしたほうがいい。午後には外出する」

「どこへ行くのですか？」

「役所だ。婚姻届を出す」

イルヴィスは冷たい声で短く答えた。昨夜のことで少しは彼に近付けたと思っていたが、そんなことはなかったらしい。突き放されたような気がして、クロエの気持ちは一気に暗くなっていく。

今のクロエには、婚姻という言葉が重く響いた。

「旅券も取らねばならないからな。急ぐ必要がある」

「……はい」

クロエは大人しく頷《うなず》いて、イルヴィスの指示どおり浴室へ向かおうとした。だが、ひどい脱力感に襲われて上手く立ち上がれない。

もたもたしつつも、ベッドを支えにしてなんとか身体を起こそうとする。

イルヴィスはクロエの近くまで来ると、彼女の膝裏と背に手を添え、ひょいと抱き上げた。

「イルヴィス様っ……。あの、下ろしてください。わたくし、重いでしょう？」

足の悪い彼を慮《おもんぱか》って言ったのだが、イルヴィスは気にする様子もなく、クロエを横抱きしたまま浴室へ向かう。

「構わん。歩けないのなら最初からそう言いなさい」

子供に言い聞かせるような物言いに、クロエは恐縮してしまう。

「はい……。申し訳ございません」

落とされるのを心配しているわけではないが、心にまとわりつくどうしようもない不安を払拭《ふっしょく》したくて、彼の首に腕をまわしてしがみつく。

イルヴィスは何も言わず、クロエの好きなようにさせてくれた。ただそれだけのことで、クロエの心は少し軽くなる。

彼はクロエを抱えたまま器用に浴室のドアを開け、湯の張られたバスタブの中に彼女をそっと横たえる。

四本の猫脚に支えられた陶器のバスタブからは、摘みたてのハーブのような香りがした。

(イルヴィス様が湯を用意してくださったの？　しかも入浴剤まで……)

ソープケースにはオリーブの香りがする石けんと、身体を洗うための海綿《スポンジ》が置いてあった。

「ゆっくりつかるといい」

彼は素《そ》っ気《け》なく言うと、シャワーカーテンを引いて浴室から出ていく。

ひとりきりになって、クロエはふうと嘆息《たんそく》した。

イルヴィスからひどい扱いを受けても、クロエはなぜか彼のことを憎いと思わなかった。それどころか、彼のことが妙に気になっている。

クロエは彼の淡々とした調子と、時折見せる優しさにすっかり心が振りまわされていた。

温かいお湯につかりながら、クロエはもう一度ため息をつく。

結婚などまだ早いとは思っていたが、クロエも人並みの憧れは持っている。

どういう経緯であれ、妻になるのだから、できることなら夫を愛したいし、愛されたい。

だが、クロエはその想いを振り切るように首を横に振った。

この結婚に、愛など期待してはいけない。

イルヴィスが欲しいのは、社交界で自慢できる妻。ただ、それだけだ。

であれば、中途半端に優しくされるのは辛い。でも冷たくされたら泣いてしまいそうになる。

クロエはまだ、自分の心がどこに向かっているのかも、イルヴィスに抱いている感情がなんなのかも理解できていなかった。

湯から上がると、綺麗《きれい》に畳《たた》まれたガウンとルームドレスが脱衣所に置かれていた。

イルヴィスが用意してくれたのだろうか。クロエはそれらを着用してリビングへ向かう。

そこではイルヴィスが椅子《いす》に座り、足を組んで新聞を読んでいた。

煙草《たばこ》を吸っていたのか、微《かす》かに煙の匂いがした。

彼の前にあるテーブルには、朝食が所狭しと並べられている。いや、時計の針は間もなく昼を指そうとしているから、これは昼食だろう。

バナナ入りミルク粥《がゆ》に、搾《しぼ》りたてのオレンジジュース。

焼きたての香りがするクロワッサンやスコーン。

美味《おい》しそうな茹《ゆ》でソーセージと魚の燻製《くんせい》には、半熟卵が添えてある。

空腹はさほど感じないが、午後に外出すると言っていたから、何か食べておいたほうがいいだろう。

そう思って、クロエは席についた。テーブルに並べられた銀のフォークに触れた瞬間、イルヴィスの言葉を思い出す。

『私の名を呼んだあと、本日の食事をありがとうございますと感謝の言葉を述べなさい』

クロエはフォークから手を離すと、床に膝をついて両手の指を絡ませた。

「イルヴィス様。本日のお食事をありがとうございます」

彼はクロエの感謝の言葉に対し、何も言わなかった。

クロエも何も言わず椅子《いす》に座り直すとフォークを持ち、ソーセージを刺して一口かじる。

「なぜ初めてだと言わなかった」

イルヴィスは唐突にそう尋ねてきた。

「え……」

「途中でおかしいとは思ったが、クロエが慣れているように言うので手荒く抱いてしまった。今朝シーツに染み付いた処女の証《あかし》を目にして驚いたよ。なぜあんな嘘をついた？」

フォークを持つクロエの手が止まる。

なんと言えばよいのだろう。どう言えば彼は納得してくれるだろう。

「あの……」

(イルヴィス様が求めている女性に近付きたかったと口にしたら、呆れられてしまう……？　正直に経験がないと話したほうがいいのかしら)

イルヴィスが向ける追及の目に促《うなが》されて、クロエは俯《うつむ》きつつもなんとか言葉を吐き出す。

「わたくし……あの……最後までというのは……」

「貞操だけは守っていたわけか」

それ以上の返答ができず、ただ深く頷《うなず》く。

契約妻とはいえ安易に迎え入れたことを後悔していると言われたらどうしよう。クロエは上目遣いで彼の表情を窺《うかが》った。

けれど、イルヴィスに気分を害した様子はなかった。

「まあいい。さっさと食べよう。今日はやることが多い」

「は、はい」

イルヴィスはあまり感情を表に出すタイプではないようだが、ほのかに嬉しそうに見えたのはクロエの気のせいだろうか。

(気のせいね。わたくしには、イルヴィス様を楽しませられるような知識や経験はないのですもの。もっと気を付けなきゃ)

夜のことは無理でも、せめて人前に出るときは淑女《しゅくじょ》らしくして、イルヴィスに認められるように頑張りたい。

ひとまずは午後の外出の際、彼の求める妻らしく振る舞うように努めよう。そうして一緒に過ごすうちに、少しずつでも関係を築いていけたらいい。

そう心に決めてソーセージやクロワッサンをいただく。その姿を、イルヴィスが優しい目で見つめていることに、クロエはまったく気が付かなかった。

第三章　豪華客船で運命の旅に誘《いざな》われ

船の汽笛《きてき》がボォーと鳴る。

海の上を飛んでいたカモメたちが、汽笛《きてき》の音の大きさに驚いて遠くに去っていった。

潮風がクロエの金髪を優しくなびかせる。

あの恐ろしいオークションから一週間。

クロエとイルヴィスは入籍した。結婚式は挙げていないが、そんな気分ではないのでまったく構わない。

というのも、イルヴィスの雇った探偵は、クロエの両親と弟を見つけられなかったのだ。屋敷は売られ、両親たちは親戚の家にも身を寄せていないとのこと。つまり、彼らはすっかり姿を消してしまったということになる。

そんな状況で結婚式など挙げる気分になれるわけがない。本当はこの土地からも離れたくない。

しかしイルヴィスはこう言った。

「ここにいても、あなたには何もできない。家族が他国へ移動している可能性だってある。引き続き調査させて、随時報告させよう」

彼がそこまで約束してくれたので、クロエは船に乗る決心をした。

イルヴィスは、表向きは完璧な紳士だ。大きな荷物は荷物持ち《ポーター》に運ばせているが、残りは自《みずか》ら持ち、クロエには何ひとつ持たせていない。

『私が求めているのは、誰にでも自慢できる清楚《せいそ》で美しい妻だ。――万人が淑女《しゅくじょ》と認める美しい妻を伴《ともな》って戻りたい。それにはあなたがうってつけだと判断し、あのオークションで落札した』

イルヴィスの言葉が脳裏《のうり》に浮かぶ。

（美しく装《よそお》って淑女《しゅくじょ》らしくしていれば、それでいいということ……？　でも、わたくしは彼をもっと知りたい。旅行中、少しでも親密になれればいいのだけど）

イルヴィスとともに客船のタラップを上る。

クロエは途中で振り返り、十八年間過ごした母国を見つめた。

（お父様、お母様、アミール。どうかご無事でいてください……）

イルヴィスがチケットを用意した客船は、見たことがないくらい大きい船だった。

全長二百メートルはあるだろうか。最新の大型豪華客船だ。

乗船する客も、身だしなみがよく上品な人ばかり。

横断幕や人々の持つ手旗が風になびき、大太鼓の演奏や踊り子の円舞が出港を祝っていた。

タラップが外され、色とりどりの紙テープが船上デッキから港の桟橋へ投げられる。それがまるでクロエの未練を表しているようで、徐々に切れていくテープを見るたび、心まで千切《ちぎ》れていく気がした。

「どうした、クロエ」

「いいえ……何も」

イルヴィスは訝《いぶか》しげにクロエを見下ろすと、しっかりと肩を抱きしめる。

「ここは冷える。船室に向かうぞ」

「はい」

船は出航した。もう後戻りはできない。イルヴィスを信じて先へ進むしかないのだ。

彼と並んで船内を歩く。中は豪華客船の名に恥じない素晴らしい造りだった。

廊下《ろうか》をしばらく進むと吹き抜けの広間があり、天井からは煌《きら》めくシャンデリアが七色の光彩を放っている。その下では乗客を喜ばせようと音楽が演奏されていた。

そこを抜けると、ティーサロンやバーがあった。出航してまだ十分も経っていないというのに、そこにはすでにクルーズを楽しむ人たちがいる。

あまりにも煌《きら》びやかな様子に驚き、クロエはきょろきょろとあちこちを見まわしながら歩いた。

ややあって、イルヴィスが突然立ち止まったので、広い背中にぶつかってしまう。

振り向いたイルヴィスを、クロエは鼻を押さえながら見上げる。

「クロエ。私は挨拶《あいさつ》せねばならぬ相手がいる」

「は、はい……。では、わたくしは……」

クロエが言い終わる前に、イルヴィスは彼女の腕を掴むと、最奥のサロンに入った。

可愛らしいピンク色の壁紙に、フリルたっぷりのレースカーテン。それに、たくさんの花が飾られた華やかな店内だ。

クロエは壁側のソファに座るよう命じられた。

「ここでしばらく待っていてくれ。人に話しかけられても、すべて無視するように。私に無断で人と会話をしてはならない」

「は、はい」

イルヴィスはウェイターに何かを告げると、足早にサロンを出ていく。

クロエはすることがなく、ただソファに座っていた。

甘い香りがあたりに漂《ただよ》っている。どうやらここはチョコレートサロンらしい。

バーテーブルにはチョコレートが山のように積まれていた。ガラスのショーケースにも、色鮮やかなチョコレートが並んでいる。

周囲の客は女性が多く、皆チョコレートを摘まんでいた。

クロエも食べたくなったが、勝手に注文するのはよくないだろう。そもそもクロエはお金を持っていない。

とはいえ何も注文せず、このままここに座っているのも気まずい。

どうしたものかと困っていると、ウェイターが温かい紅茶といくつかのチョコレートが載った皿をテーブルに置いた。

「わたくし、オーダーしておりませんが……」

「ご注文は、先ほど旦那様からお伺いいたしました」

「――そうですか。では、いただきますわ」

クロエは戸惑いつつも、ありがたくいただくことにした。

ウェイターが立ち去ってから、ティーカップを持ち上げ口を付ける。

一口啜《すす》ると、豊潤な茶葉の香りが鼻腔《びこう》をくすぐった。

クロエはティーカップをソーサーに戻し、チョコレートにも手を伸ばした。

かりっと歯を立てると、チョコの甘さと果物の酸味が口内に広がる。

「美味《おい》しい……。チョコとフルーツの組み合わせが絶妙だわ」

次は、花の砂糖漬けの載ったチョコレートを食べてみる。

甘みを抑えたブラックチョコレートがほろ苦く、これもとても美味《おい》しかった。

美味《おい》しいチョコレートに舌鼓《したつづみ》を打っていると、首筋に誰かの視線を感じてあたりを見まわす。

すると、ティーサロンの窓際で男性がひとり、ソファにゆったりと腰掛けているのが目に入った。

栗色の髪をしていて、瞳は鮮やかなブラウン。高い鼻梁《びりょう》に厚みのある色っぽい唇。

肩幅は広く、筋肉質な胸と逞《たくま》しい腕が、服越しにも見てとれる。

屈強な身体つきにしては甘い顔立ちは一見アンバランスに見えそうだが、不思議と魅力的に映った。

紺色《こんいろ》の上質な上衣に豪奢《ごうしゃ》な刺繍《ししゅう》の入ったベストを合わせ、首元はレースの黒いクラヴァットで飾っていた。

男性はクロエと目が合うと、優雅に微笑んだ。

その笑みですら彼の品格を感じさせ、クロエは居住まいを正す。

（きっとユリアン様みたいな上位貴族の方だわ。纏《まと》う雰囲気が違うもの）

男性はクロエに向かってウインクをした。

クロエは目を丸くする。そんな彼女に、男性は妖艶《ようえん》に笑いかけてきた。それだけで周囲の女性が色めき立つ。

クロエもドキリとしたが、視線をわざと外した。

（思わず見入ってしまったけれど……不躾《ぶしつけ》に見てはいけないわ）

クロエは気持ちを切り替えて、あえて別の方向を見るようにした。

葉っぱの形をしたチョコレートを口に放り込み、イルヴィスが戻ってこないかと目線を入り口へ向ける。

それでも男性のほうから痛いほど視線を感じ、居心地が悪くなったクロエはソファから立ち上がろうとした。

「どこへ行く。ここにいろと命じただろう」

低い声に、クロエはビクリと身を竦《すく》める。

彼女に射貫くような鋭い視線を向け、イルヴィスが立っていた。

「も、申し訳ございません」

「どこへ行こうとした」

美貌の男性にウインクされ、落ち着かなくなって立ち上がったとは言えない。言ったところで、勘違いだと笑われるのがオチだ。

「わたくし、こんな大きな船は初めてで……」

たどたどしく言い訳するクロエを、イルヴィスは黙って見ている。

闇を思わせる黒い目が、些細《ささい》な嘘でも見逃すまいとしているようだ。

それでもクロエは、必死に弁解を続けた。

「とても不安で、イルヴィス様を探そうと……」

それを聞いたイルヴィスは嘆息《たんそく》すると、クロエの腕を掴み、足早にチョコレートサロンを出た。

怒っているのだろうか。不安でクロエの心臓が破裂しそうになる。

「イルヴィス様。申し訳……」

クロエの謝罪を遮《さえぎ》り、イルヴィスがすたすたと歩きながら言った。

「ラウンジで知り合いが待っている。妻を紹介しろとうるさくてかなわない」

「お知り合いでございますか」

イルヴィスの知人に妻として紹介されると聞いて、伴侶として扱われることへの淡《あわ》い期待と、彼の求める淑女《しゅくじょ》らしく振る舞えるかという不安がクロエの胸に入り混じる。

連れてこられたのは、アルコールを楽しめるバーラウンジだった。

ムードのある薄暗い室内に、大きなガラステーブルとどっしりしたソファが並び、中央にはステージがあった。

ウェイターに案内され、クロエたちは奥のＶＩＰルームへ足を踏み入れる。

間接照明だけが灯《とも》された、重厚で落ち着いた小部屋だ。革張りのソファに、白髪《しらが》交じりで髭《ひげ》をはやした男性と、孔雀《くじゃく》のように派手な女性が座っていた。

「そのお嬢さんが君の結婚相手かね」

男性が値踏みするようにクロエを見てくる。

絡み付くような視線を向けられて思わずあとずさるが、クロエは懸命にイルヴィスの隣で背筋を伸ばした。

「ああ。我が妻、クロエだ。借金のカタに売られていたのを買った」

侮蔑《ぶべつ》の混じった紹介に、クロエの背筋が凍る。

女性が扇《おうぎ》で口元を隠しながら目だけで笑った。

「まあイルヴィスったら。ひどい言いようね」

「そうだよ。自分の妻をそのように言うものじゃない」

ふたりにたしなめられても、イルヴィスは彼らの言葉を気にした素振りをまったく見せなかった。

あまりに残酷な紹介に、クロエはここから逃げ出したい気持ちでいっぱいになる。

だがイルヴィスはそれを許さないだろう。

「クロエ。彼らに挨拶《あいさつ》を」

「は、はい……」

そう命じられ、クロエはドレスの裾《すそ》を摘むと腰を落とした。

「クロエです。どうぞ、よろしく――」

「もっと頭を下げなさい。あなたはここで一番若く、身分も低い。礼儀にかなった、それなりの挨《あい》拶《さつ》をするように」

言葉の途中で、イルヴィスの声が遮《さえぎ》った。

「は、は……い」

クロエは、メイドが主人にするかの如《ごと》く深く頭《こうべ》を垂れ、腰を思い切り下げた。

「クロエでございます。どうぞ、よろしくお願いいたします」

悲しみのあまり、ドレスの中で足が震える。

普通に妻として紹介してもらえるものだとばかり思っていた自分がバカみたいだ。

目じりに涙が浮かんだが、拭《ぬぐ》うのを躊躇《ちゅうちょ》した。泣いていると知られたくなかったからだ。

そんなクロエの胸中に気付いているのかいないのか、イルヴィスはさらっと無視して会話を続けた。

「躾《しつけ》のできていない娘だが可愛がってもらいたい」

顔を上げると、白髪《しらが》交じりの男性が手を差し出してきたので、クロエはその手を取り握手した。

「私は、クラウス・ファントム・ディーフェルト・ルシウス。流通業を営《いとな》んでいる。イルヴィスのビジネスパートナーであり、親友だ」

「ルシウス様。よろしくお願いいたします」

ルシウスと名乗った男は、鼻の下に蓄《たくわ》えた髭《ひげ》を撫《な》でながら微笑んだ。

「クラウスでいいよ」

「……はい、クラウス様」

よく見ると、彼は変わった服装をしていた。

地味なジャケットとスラックスという異国風の服装で、クロエは思わず魅入《みい》ってしまう。

するとクラウスはイルヴィスに向かって、くだけた調子でこう言った。

「イルヴィス、君がスイートルームにしてくれと頼んできた理由は、新婚旅行だったからなのか。言ってくれれば、もっと楽しいイベントを用意したものを」

イルヴィスがクラウスの横に腰掛けながら、ぶっきらぼうに言い返す。

「結構だ。あんたはおれの大事な悪友だが、悪のりしすぎる傾向にある。イベントだなんだと言いつつ、俺たちを他の客と交流させるつもりだろう。クロエを見世物にでもされたらたまらない」

クロエは、イルヴィスの一人称がいつの間にか『おれ』になっていることに気が付いた。

クラウスの前では、気が緩《ゆる》むのだろうか。あっさり素《す》を出している。

「見世物にする気はないよ。しかし君が仕事をしているとき、彼女は暇だろう？　顔見せして友人をつくっておかないと、長い船旅が退屈なものになってしまうよ」

「構わない。クロエを誰かと必要以上に関わらせるつもりはない」

「そうは言ってもねえ。クロエちゃん、この美貌ですもの」

派手な女性がそう言ってクラウスの肩にもたれた。

彼女はパチンと扇《おうぎ》を閉じると、クロエを穴が空くほど凝視する。

とても艶《あで》やかで美しい女性だ。

襟《えり》ぐりの広いドレスを着用しており、くっきりとした胸の谷間が覗いている。ドレスの上から締めているコルセットのせいか、胸は驚くほど豊満に見えた。

彼女はクロエと目が合うと、にっこりと笑った。

「わたくしがお友達になるわ。念入りに可愛がって差し上げてよ。クロエちゃん、仲良くしましょうね。わたくしはベアトリス。クラウスの妻よ」

「よ、よろしくお願いします……」

気の利《き》いたせりふひとつ返せないクロエを見ながら、ベアトリスは肩を竦《すく》めて笑った。

「わたくしの横に座りなさいな」

「で、でも……」

内向的なクロエは初対面の人と気軽に会話できる性分ではない。

話しかけられても上手く返せないかもしれないと思うと、彼女の横に座るのは気が引ける。

「クロエ。誘われたら、すぐに座りなさい。相手に失礼だ」

立ち尽くすクロエをイルヴィスが叱咤《しった》した。

「いいのよ、イルヴィス。わたくし気にしていないわ」

ベアトリスはそう言ってくれたが、クロエは慌てて頭を下げ「失礼します」と一言断って、ベアトリスの隣に腰掛けた。

「ねえクロエちゃん。おいくつなの？」

「十八歳になったばかりです」

これにはベアトリスもクラウスも驚いた顔をした。

「まあ、イルヴィスと十六歳も離れているの。随分な若妻ね」

クロエはイルヴィスの年齢を知らなかった。

訊《き》かなかったから教えてくれなかっただけだろうが、クロエはあまりに彼のことを知らなすぎる。

(もっと自分からいろいろなことを訊《き》くべきね。でも寡黙《かもく》な人だし、お話ししてくださらないかしら)

ベアトリスは指を鳴らしてウェイターを呼び、お酒を持ってくるように指示した。

飲み物が運ばれてくると、クラウスの音頭《おんど》でグラスを掲《かか》げ、乾杯する。

「周囲が騒がしいな。翠玉《すいぎょく》と真珠《しんじゅ》のクロエをひと目見たいと、野次馬《やじうま》が集まっている」

クラウスが髭《ひげ》を指先で撫《な》でつけながら、楽しそうに言った。

ベアトリスがオリーブを摘まみ上げ、口に放り込む。真っ赤な唇が妖艶《ようえん》で、些細《ささい》な仕草すら色っぽい。

「本当ね。VIPルームまで入ってくる勇気がある愚か者はいないようだけど」

そう言われて、クロエはラウンジのほうを見た。

ラウンジ内の人たちが酒を飲みながら、ちらちらと視線をこちらへ向けている。

見世物のようで、あまり気分のいいものではなかった。

見られたくないという思いでラウンジから顔を背《そむ》ける。

もしかして、皆クロエが闇オークションで買われて妻になったことを知っているのだろうか。

(ダメよ。自分で自分を貶《おとし》めちゃ……。顔を上げないと……でも……)

そんなクロエの心を見透《みす》かしたのか、イルヴィスが硬質な口調でこう言った。

「金で買ったとしても、あなたはれっきとした私の妻だ。そう卑屈になる必要はない」

「は……はい」

クロエが少しだけ目を上げると、耳元でそっとベアトリスが囁《ささや》く。

「イルヴィスったら、もっと優しく言えばいいのにね」

その瞬間、ふわりと薔薇《ばら》の香りが鼻腔《びこう》をくすぐった。

薔薇《ばら》の香水は、かつてクロエも持っていた。

だがベアトリスから香るその匂いは、ただ華やかだったクロエのものとは違って、とても妖艶《ようえん》だ。

このような場で堂々とした振る舞いができる、薔薇《ばら》の女王のようなベアトリスに似合っている。

「ベアトリス様……。とてもよい香りですわね。艶《あで》やかな大輪の薔薇《ばら》のような香り……。ベアトリス様そのもののようですわ」

クロエは、思ったことをついそのまま口にしてしまう。

それを聞いたベアトリスが、長いまつげで縁取られた目を思い切り見開いた。

扇《おうぎ》をぱさっと広げると、顔を隠して笑い転げる。

「ま、まあっ、クロエちゃんたら……。お世辞なんて少しも言えそうにないのに、しっかり言えるじゃないの」

おほほ……と色っぽく笑われ、クロエは恐縮してしまった。

「申し訳ございません。でも、お世辞ではなく……」

「ねえ、イルヴィス。クロエちゃんって可愛いわね。それに言葉のセンスもいいんじゃない？」

ベアトリスがイルヴィスに向かって楽しそうに語りかける。

「偶然だ」

ムッとしたようにイルヴィスが返す。そんな彼の様子を見たクロエは、自分の発言に不備があったのかと怯《おび》えてしまう。

ベアトリスはクラウスの肩にもたれかかってクスクス笑っているし、クラウスはイルヴィスに意味ありげな視線を送っている。

まるで、彼ら三人だけの世界があり、クロエは邪魔者のようだ。

居心地の悪い思いをしているとウェイターが現れ、イルヴィスにそっと耳打ちをした。

イルヴィスは立ち上がると、クラウスとベアトリスにこう告げる。

「悪いが一旦離席する。急ぎの電報が入ったようだ」

「相変わらず忙しそうね。こんなところまで仕事が追っかけてくるなんて」

「クロエを頼む」

彼はそう言い残し、バーラウンジをあとにした。

ただでさえ借りてきた猫みたいな心境だったのに、イルヴィスがいなくなってしまうと、もっと居心地が悪くなる。

何か飲むか、食べるかしないと間が持たない。

ワイングラスを手に取ると、足元からニャアと可愛らしい鳴き声がした。

声のしたほうへ目をやれば、そこには一匹の小さい猫が座り込み、クロエを見上げていた。

「猫？　なぜ、こんなところに？」

動物の持ち込みは禁止だったような気がする。

そう思いながらも、その猫の毛並みがあまりに綺麗《きれい》で、思わず手を伸ばした。

耳を撫《な》でてやると、猫は気持ちよさそうに喉をごろごろと鳴らす。

甘えるような様子に、クロエの心は和《やわ》らいでいった。

「なんて可愛いの」

「あらあら、いけない子ねえ。籠《かご》から出てしまったの？　ミミ、こちらへいらっしゃい」

ベアトリスがそう言って手を差し出すと、その猫は軽やかに駆け出し、彼女の膝の上に乗った。

猫はニャオンと甘えたようにひと鳴きし、ベアトリスの顎《あご》あたりに鼻を擦《こす》りつける。

「ベアトリス様の猫ですか？」

「ええ。動物の持ち込みはスイート客の中でも一部の人間にだけ許されているの」

それを聞いたクラウスが、テーブルの上に置かれていたシガーケースから葉巻を一本引き抜きながら笑った。

「適当なことを言ってはいけないよ、ベアトリス」

彼が葉巻の片側をパチンと切り落とすと、ベアトリスがシガーケースの横に置いてあったマッチ箱を手に取る。箱の中からマッチを一本取り出し、箱の側面で擦って火をつけた。その火をクラウスの葉巻の先に持っていく。

クラウスは葉巻を咥《くわ》えて大きく息を吸い込み、ふわぁと白い煙を吐き出した。

「おまえが特別待遇なだけだよ。この船の持ち主である私の妻だからね」

ベアトリスは何も言わず、マッチ箱をテーブルに置くと、くすくす笑いながら猫を撫《な》で始めた。

「この素晴らしい豪華客船は、クラウス様のものなのですか？」

裕福そうだと思ってはいたが、こんな船を持てるとなると、とてつもない資産家なのではなかろうか。

「流通業に加えて、海運関係の仕事もしていてね。大型客船をいくつか所有している。この船は今回が処女航海なんだ」

「話の規模が大きすぎて、わたくしにはさっぱりですわ」

クロエは感想を正直に口にしてから、無知を晒《さら》してしまったかと慌てて口を閉じた。

「ふふっ……。わたくしもよ。女はそれでいいの」

俯《うつむ》くクロエに、ベアトリスが助け舟を出してくれた。

気恥ずかしくなってしまったクロエは、ワインをちびちびと舐《な》めるように飲む。

「そういえば今夜の仮面舞踏会《マスカレード》のことだけど、わたくしあることを考えたの。クラウス、手配してくださらない？」

「またかね。君を満足させようと思ったら金がいくらあっても足りないな。それで、何をしたいのかな？」

ふたりとも何やら楽しそうに会話を始めた。クロエは口を挟まず大人しくしている。

そこにイルヴィスが戻ってくると、ベアトリスが楽しそうな声を上げた。

「イルヴィス、今夜、船の出港を祝うウェルカムイベントとして、仮面舞踏会《マスカレード》を開催することは知っているわよね？」

「ああ。出るつもりはないがな」

イルヴィスが嫌そうな顔をして、黒髪をかき上げた。

「ダメよ。あとで衣装を部屋に届けるわ。だから必ず参加してね、イルヴィス」

「衣装？　ますます面倒臭そうだな」

イルヴィスはつれないが、クラウスもベアトリスも気にした様子はない。

「ダメだよ。新婚の君たちに喜んでもらえるようなイベントを行《おこな》うからね。絶対に参加してくれたまえ」

やや強引にも思えるクラウスの念押しに、イルヴィスは何も言い返さなかった。

＊　＊　＊

クロエとイルヴィスはラウンジを出てエレベーターに乗り込み、スイート専用のフロアで降りた。

イルヴィスと一緒に部屋に向かいながら、クロエは彼の友人のふたりについて考えてみた。

流通業を営《いとな》んでいるというクラウスと、彼の妻ベアトリス。

初めはちょっと怖い印象を受けたが、話しているうちにクラウスは紳士的な男性で、ベアトリスは気さくな女性だと感じた。イルヴィスとは親しい関係のようだし、クロエも彼らと仲良くやっていけるよう努力したい。

そんなことを考えているうちに、部屋に到着した。中に足を踏み入れると、スイートルームは船の中とは思えないくらい広かった。

内装は白と青を基調としたデザインで、とても品がいい。大理石の暖炉には渦巻《うずま》きと葉飾りの複雑な模様が彫られており、クロエには珍しく思えた。

しばらく部屋の中を眺めていると、入り口の扉からコンコンとノックの音がした。

「誰でしょうか？」

クロエが尋ねると、イルヴィスは入り口へ向かいながら短く答えた。

「コンパニオンだ」

「コンパニオン……？」

コンパニオンとは正式にはレディズ・コンパニオンといい、裕福な淑女《しゅくじょ》の話し相手をする女性のことをさす。社交行事に同行したり一緒に食事をしたりもする。

下級貴族やお金に困っている貴族の女性が、うしろ指をさされずにできる数少ない仕事だ。

「二等客室に泊まらせている。平日の昼間は話し相手になってもらうがいい」

イルヴィスは扉を開け、「入りなさい」と声をかける。

現れたのは、明るくて溌剌《はつらつ》とした女性だった。

「はじめまして奥様。アメリーと申します。よろしくお願いします」

彼女は鈴を転がしたような可愛い声で言うと、ドレスを摘まみ、腰を落として挨拶《あいさつ》をした。

「アメリー……」

「はい。イルヴィス様にコンパニオンとして雇っていただきました」

アメリーは、クロエより少し年上に見えた。

シンプルだが可愛らしい黄色のドレスを身につけ、オレンジ寄りの赤毛をきっちりと三つ編みにして小さなリボンでくくっている。

くりくりとしたブラウンの大きい瞳は、キラキラと輝いていた。

小さい鼻に小さい口。頬にはたくさんのそばかすが散っていて愛らしい。

「夕方には戻ってくる。彼女の手を借りて、それまでに支度を終わらせておきなさい」

イルヴィスは手にいくつかの封筒を持って、クロエに声をかけてきた。

「どちらへ行かれるのですか？」

「図書室だ。そこで仕事をする」

「お仕事でございますか？　船の中でも……？」

「まとめておきたい資料や、目を通さねばならない書類があるからな」

彼がそう言って部屋から出ていくと、アメリーとふたりきりになる。

何を話していいのか戸惑っていたところ、アメリーが自己紹介を始めた。

「私、子爵家の生まれなんです！　でも貴族なんて名ばかりで、明日のパンにも事欠く状態で……。幼《おさな》い弟に食べ物をあげたら何も残らないような毎日が、ここ数年ずっと続いていたんです。だからイルヴィス様に雇っていただけて感謝しています。あのままじゃ、のたれ死んでいました」

それを聞いたクロエは、あけすけに身の上話をするアメリーに親近感がわいた。

「そう……。船旅の間よろしくね、アメリー」

「はいっ！」

しばらく彼女と話をしていると、ボーイが大きな箱を運んできた。それを見たアメリーが心得たように言う。

「仮面舞踏会《マスカレード》の衣装が届きました。そろそろ着替えましょうか。靴やアクセサリーは衣装に合わせて選びましょう」

アメリーがクローゼットを開けると、そこにはたくさんのドレスが収められていた。

ピンクにブルーにイエロー。色の洪水が、ふたりの視界に飛び込んでくる。

「まあ……」

あまりの量に、アメリーが感嘆の声を漏らした。

「こんなにたくさんあったら、明日から何を着ようか迷ってしまいますね」

「そうね。でも、多すぎじゃないかしら」

クロエはクローゼットのドレスを、端から端まで眺める。

普段着だけならともかく、パーティ用のドレスや靴までふんだんに用意されていた。

あのイルヴィスが、毎夜パーティに出席するだろうか。クロエは彼のエスコートなしで、そのような場に赴《おもむ》くつもりはない。

「奥様は、ご主人様に愛されておいでですね」

思わぬことを言われて、クロエは驚いてしまう。

「そう……？　どうしてそう思うのかしら」

クロエの問いかけに、アメリーは不思議そうな表情を浮かべた。

「だって、こんなにもたくさんの高価なドレスやパンプス、毛皮のコートにバッグやジュエリーまでご用意されているんですもの。愛がなければできませんよ」

「イルヴィス様はお金持ちなの。それにわたくしは……」

単なる契約妻で、彼は自慢するために着飾らせたいだけなのよ。

そう言葉にしかけて、慌てて唇を閉じる。

アメリーはまったく気にする様子もなく、クローゼットに並ぶ数々のドレスを見てうっとりしていた。

「どのドレスも宝石も、奥様の御髪《おぐし》や目の色、肌の白さを引き立たせるようなデザインです。きっと時間をかけてお選びになったのでしょうね」

イルヴィスがクロエのために時間をかけた？

とても考えられない。外商が持ってきた服を片っ端から購入しただけではなかろうか。

「そうかしら」

クロエが浮かない気分で答えると、不快にさせたと勘違いしたのか、アメリーが慌てて声をかけてきた。

「申し訳ございません、奥様。私、しゃべり過ぎだってよく言われるんです。黙りますね」

萎縮《いしゅく》するアメリーに、クロエは否定の意を込めて首を横に振る。

「いえ、いいの。あなたと話していると賑《にぎ》やかで楽しいわ」

クロエが怒っていないと分かると、アメリーは照れ笑いした。

「ありがとうございます。実はご主人様にはそこを買っていただいたんですよ」

「どういうこと？」

クロエが尋ねると、アメリーは話を続けた。

「奥様は大人しい方なので、船内で上手く友人を作れないかもしれないから、ちょっとうるさいくらいの私がちょうどいいだろうと。ご主人様が仕事をなさっている間、奥様が退屈したら可哀想だとお考えになったのでしょうね。お優しい方ですわ」

アメリーは、小鳥が囀《さえず》るみたいにふふっと笑った。

「クロエ様に男性を決して近付けないようにとも言われました。奥様は愛されておいでですよ。羨《うらや》ましいです」

アメリーの言う『ご主人様』とは、本当にイルヴィスのことなのだろうか。

人によって、こうも見方が変わるとは驚きだ。

そんなことを考えながら、アメリーの手を借りてドレスを着用する。

クラウスたちから贈られたドレスはシンプルだが、胸元や裾《すそ》にクリスタルのビーズが無数に縫《ぬ》いつけられていた。

胸元が大きく開いていて少々恥ずかしいと思ったが、黒色のケープを羽織《はお》るとちょうどいい感じに隠れる。

髪もアメリーによって綺麗《きれい》にセットされた。きっちりと縦に巻いた髪をすべてうしろに流し、赤い薔薇《ばら》を耳の上にさしている。

「素敵ですわ、奥様。仮面をつけるときに邪魔になるので、イヤリングはつけないでおきましょう。そのかわり、これを……」

そう言ってアメリーは、ダイヤモンドのネックレスを首にかけてくれる。小さな花のモチーフが先端についたそれは、クロエの細く長い首をさらに美しく見せた。

「なんて見事なダイヤモンドなのでしょう。奥様の白い肌が引き立ちますよ」

そのとき、イルヴィスが部屋に戻ってきた。

「おかえりなさいませ、ご主人様」

アメリーがお辞儀をしてイルヴィスを迎え入れる。

クロエも同じく頭を下げ、「おかえりなさいませ、イルヴィス様」と言った。

「ああ、ただいま」

彼は着飾ったクロエを見ても、何も言わなかった。無言で杖をつき、リビングへ移動する。

(もしかして、似合っていないのかしら……?)

心配するクロエをよそに、イルヴィスが短く命じた。

「私も着替える。クロエ、手伝ってくれ」

「はい」

するとアメリーが、クロエに衣装の入った大きな箱を手渡してきた。ふたりに気を遣ったのか、彼女は隣室へ行ってしまう。

リビングにふたりきりになると、イルヴィスが箱を見て口を開いた。

「クラウスの奴、悪ふざけをしていないだろうな」

「悪ふざけでございますか？」

怪訝《けげん》に思いながらもクロエが箱を開けると、中には光沢のあるシルクのタキシードが綺麗《きれい》に折りたたまれて入っていた。

オーソドックスなデザインで、とてもふざけているようには見えない。

皺《しわ》にならないように、そっと持ち上げる。

「シルクシャツとシンプルなタキシードです。黒い蝶《ちょう》ネクタイに、これは仮面？　でも、これじゃあ顔が半分しか隠れませんが……」

「クラウスめ、おれを怪人にする気か」

イルヴィスがネクタイをシュルリと外しながら、忌々《いまいま》しそうな声で言った。

「怪人？」

クロエはイルヴィスが脱いだネクタイと上着を受け取り、クローゼットのハンガーに掛けながら聞き返す。

けれど彼は答えてくれず、手早くタキシードを身に着けていった。

長めのジャケットに細身のスラックス、それと同素材のベスト。シルクのシャツは立て襟《えり》で、胸元は白いハンカチーフと、花の形をしたダイヤモンドのピンが飾っていた。クロエのネックレスとお揃いのデザインだ。

「まあ……素敵ですわ。なんて豪奢《ごうしゃ》なのでしょう」

背が高く筋肉質なイルヴィスに、そのタキシードはよく似合っていた。スタイリッシュなのにクールで、彼のイメージにぴったりなデザインだ。

感嘆するクロエに、イルヴィスは苦言を呈《てい》する。

「クロエは贅沢《ぜいたく》なものが好みなのだな。私は普段、このように派手なものは好まない」

(そんなつもりじゃないのに……)

もしかして、クロエがダイヤモンドのことを言っていると思ったのだろうか。

豪奢《ごうしゃ》と感じたのは、イルヴィスが素敵なタキシードを見事に着こなしていたからだ。まるで上位貴族のように威風堂々とした雰囲気だったので、ついそう口にしてしまったのだが、何を言っても彼相手では裏目に出てしまう。

意気消沈するクロエに、イルヴィスが何食わぬ顔で手を差し出した。

「行くか。遅れるとクラウスがうるさい」

「はい……イルヴィス様」

イルヴィスの手を取ると、強い力でぎゅっと握りしめられた。

彼はクロエの発言をたいして気に留めていないようだ。

クロエだけが、イルヴィスの一言一句に感情を揺さぶられていた。

第四章　仮面舞踏会《マスカレード》は秘密の香り

クロエとイルヴィスは部屋を出てエレベーターに乗り込み、エントランスホールのある階で降りた。

ホールはドレスアップした人でごった返していて、皆派手な仮面をつけている。

仮面舞踏会《マスカレード》の会場へ向かうのだろう。イルヴィスとクロエも、その流れに乗って進んだ。

イルヴィスは仮面が気に入らなかったのか、つけていない。しかしクロエは、アメリーに蝶《ちょう》を模したレースの仮面をつけてもらっていた。

ロビーを通り過ぎ、螺旋《らせん》階段で階下の舞踏室《ボールルーム》へ向かう。

イルヴィスは杖があれば人並みの速さで歩けるようだが、階段にさしかかると他の人たちより少し歩みが遅くなる。階段を使うときは足が攣《つ》るらしい。

クロエも彼のスピードに合わせて、ゆっくりと階段を下りていった。

大人っぽい雰囲気のレストランやバーが並び、その最奥に舞踏室《ボールルーム》がある。

着飾った紳士淑女《しゅくじょ》が、重厚なドアの向こうへ吸い込まれるように消えていく。

クロエもイルヴィスについてドアの中へ入った。

舞踏室《ボールルーム》はとても広い。まだ踊っている客はいないが、楽団が音楽を奏でていた。

アーチ形の高い天井からは、大きなクリスタルガラスのシャンデリアがつり下げられ、壁には流れる水のようなクリスタルカーテンがかかっている。

薄暗い空間で煌《きら》めきを放つそれらは、とてもムーディーに映った。

イルヴィスは上衣の内ポケットから、招待状を取り出してボーイに見せた。ボーイの案内で、クリスタルカーテンに仕切られたＶＩＰ席に通される。中央のソファには、すでにクラウスとベアトリスが座っていた。

クラウスは白いシャツに、黒い蝶《ちょう》ネクタイ。細身のパンツはストライプ柄で、とても洒落《しゃれ》たデザインだ。裏地がワインレッドの黒いマントを羽織《はお》り、髪をオールバックにして目張りを入れている。恐らく吸血鬼の扮装だろう。

ベアトリスは、ワインレッドを基調としたドレスだ。胸元が大きく開いていて、谷間をこれでもかと強調している。背中に蝙蝠《こうもり》の羽のような飾りをつけているから、こちらも吸血鬼の扮装なのだろう。

クラウスがこちらに気付いて言った。

「似合うじゃないか。君も、クロエ嬢も」

クロエは彼らの顔を交互に見てからドレスを摘まむと、ゆっくりと膝を折る。

「このたびは素敵なドレスをご用意くださり、誠にありがとうございます」

「ベアトリスの見立てだよ」

クラウスが口元の髭《ひげ》を撫《な》でつけながら言う。クロエは角度を変えて、ベアトリスにも膝を折った。

「そうでございましたか。わたくし、とても気に入りました。ベアトリス様、ありがとうございます」

クロエが礼を言うと、ベアトリスは妖艶《ようえん》に微笑んだ。

「堅苦しいのはなしにしましょう。お座りなさいな」

イルヴィスがクラウスの隣に座ったので、クロエもその横に腰掛ける。

「イルヴィス。ここでは構わないが、ホールに出たら仮面をしたまえ。仮面舞踏会《マスカレード》だからね」

クラウスが楽しげに言うと、イルヴィスは面倒臭そうな顔をした。

「ホールに出るつもりはない」

ベアトリスがわざと大仰《おおぎょう》に声を上げる。

「あらぁ。それじゃあクロエちゃんが退屈してしまうわ。今夜はクラウスがたくさんイベントを用意したのよ」

「誰が参加すると言った。ここに来ただけで充分義理は果たしただろう」

イルヴィスの棘《とげ》のある言葉にも動じることなく、ふたりはクスクス笑っている。イルヴィスはムッとした表情だ。

「でもクロエちゃんは、船旅の間じゅうイルヴィスとふたりで部屋に籠《こ》もりっきりだなんて、息が詰まるわよねえ？　それもこんな仕事の虫とじゃあね」

「え……。わたくしは、そんな……」

突然話を振られ、クロエは戸惑いを隠せない。

すると、イルヴィスが話に割って入ってきた。

「日中、おれは図書室で仕事をしている。それに、クロエにはコンパニオンをつけているから問題ない」

「それは冷たすぎるわ、イルヴィス」

「始終一緒にいる君たちのほうが異常だ。第一、そんなに会話が続くか？　飽きるだろう」

ベアトリスは蠱惑的《こわくてき》にうふふと笑うと、クラウスの肩にそっと手を置いた。

「おしゃべりに飽きたら、口とは別のところで語り合えばいいじゃない」

そう言って、彼女はクロエに色っぽいウインクを投げてくる。

ちょうどそのとき、シャンパングラスが運ばれてきた。クラウスはそれを持つと高く掲《かか》げる。

「とりあえずは乾杯だ。私の船の処女航海と、イルヴィスの幸せな結婚に」

グラスの合わさる音色が、クロエの心をかき乱す。

幸せな結婚。

クロエはお金で買われた妻だ。これが幸せな結婚であるはずがない。クロエからすれば、クラウスの言葉は皮肉のようにも聞こえる。

クラウスとベアトリスはグラスの酒を飲み干すと、一緒に立ち上がった。

「仮面舞踏会《マスカレード》の始まりだ。今夜は君たちのために特別なイベントを用意したからね。最後まで楽しんでくれたまえ」

「冗談じゃない。途中で抜けさせてもらう」

イルヴィスはつれない返答をするが、クラウスは聞く耳を持たない。

「そうはいかないよ。大舞踏会《グラン・バル》の形式をとるからね。最初に私とベアトリスが踊る。それが終わったら、君と奥方の番だ」

「おい、クラウス！」

「誰も君の足のことなど気にしないよ」

クラウスはひらひらと手を振りながら、ベアトリスを伴《ともな》ってフロアの中央に出ていった。

それまで会話や酒を楽しんでいた招待客は、ふたりの姿に気付いた途端、口を噤《つぐ》んで彼らを注視する。

「紳士淑女《しゅくじょ》の皆さん。このたびは、フォーチュンベアトリス号にご乗船いただき、誠にありがとうございます」

クラウスが挨拶《あいさつ》を始めると、フロアから割れんばかりの拍手が巻き起こる。

「クラウスの奴。船にベアトリスの名をつけたのか」

イルヴィスがぼそりとつぶやく。

船に妻の名をつける。それだけで、クラウスがベアトリスをどれほど愛しているのか知れた。

「あの……イルヴィス様。教えていただきたいことがあるのです」

「何だ？」

「わたくし、もっとイルヴィス様のことが知りたいのです。例えば、クラウス様やベアトリス様との出会いとか」

彼らとの関係に立ち入るなと言うのなら、これ以上訊《き》くつもりはない。

だが、イルヴィスはそうは言わなかった。

「クラウスとは、もう十年以上の付き合いになる」

どこか遠い場所を思い浮かべるように、彼は黒い目に郷愁の色を映す。

「彼は、私が働いていた造船所のオーナーだった」

「え……？」

クロエはイルヴィスのことを貴族だと思っていたが、違ったのだろうか。

確かクラウスは、イルヴィスのことをビジネスパートナーと言っていたはずだ。イルヴィスが労働者で、クラウスがオーナーだったなら、パートナーとは少々違うような気がするが……

クロエが疑問を顔に浮かべたからだろうか、イルヴィスが苦笑する。

「クラウスには特に目をかけてもらっていた。だがある日……」

造船所で爆発が起き、大惨事となった。

イルヴィスの足の怪我は、そのとき見学に来ていた子供を庇《かば》って負ったものだという。

「あの少女も災難だったな」

「でも助かったんですよね？　その子供は……」

痛ましい表情でクロエがそう問うと、イルヴィスが少しだけ目を見開いた。

だが、すぐにいつもの仏頂面《ぶっちょうづら》に戻る。

「もちろんだ。しかし後遺症が残ってしまったらしい。私はそれがずっと気にかかっている」

イルヴィスの表情はいつもどおりだが、気遣うような声音からは、その少女を心から心配していることが伝わってきた。

思いがけずイルヴィスの優しい一面を知り、クロエの心がふわりと温かくなる。

（もしかしたら……わたくしのトラウマも、イルヴィス様なら受け入れてくれるかも……）

「怪我で入院し、造船所で働くことができなくなった私を、クラウスが助けてくれた。退院後、経理の学校へ通わせ、経営側の仕事を与えてくれたのだ」

「そうなのですね……」

「彼のおかげで私は知識と経験を得ることができ、それを武器にのし上がることができた。それ以来、私の立場が変化しても彼には頭が上がらない」

何があっても努力を惜しまず、ここまでの地位を得たイルヴィスに尊敬の念がわく。

（それに比べて、わたくしは自分の境遇を嘆いてばかり。なんて恥ずかしいの。もっといろいろなことを考えないといけないわ。どうすればお父様とお母様、そしてアミールを助けることができるのかも……）

現在、家族の捜索はイルヴィスに任せっきりだ。今のクロエに何かできるわけではないが、世間知らずのお嬢様のままではいられない。もっとしっかりしなければ。

クロエはそう心に誓い、ひとまず目の前にある自分の務めをきちんと果たそうと決めた。

「教えていただき、ありがとうございます」

それ以上質問はしなかった。イルヴィスも無言でシャンパングラスを傾ける。

クラウスの挨拶《あいさつ》が終わり、大きな拍手がわき上がった。

彼が指をパチンと鳴らすと、楽団が舞踏曲の演奏を始める。

「まずは私と妻のベアトリスが踊ります。次にこのフォーチュンベアトリス号で新婚旅行を楽しんでいる、わが友イルヴィス・サージェントが美しい新妻クロエと踊りますので、それが一段落したら、皆さんもダンスを楽しんでください」

それを聞いて、イルヴィスの目が険《けわ》しくなる。

「イルヴィス様、わたくしの体調が悪いということにして、ダンスはご遠慮しましょうか？」

クラウスは「誰も君の足のことなど気にしないよ」と言っていたが、そもそもイルヴィスの足では踊れないのではないだろうか。

誘ってくれたクラウスには悪いが、クロエが踊れないということにして、うやむやにしてしまってはどうかと考えた。

だが、イルヴィスは首を横に振る。

「いいや。それではクラウスの面子《めんつ》を潰すことになる」

「でも……」

「致し方ない。私が恥をかけばいいのだろう。……クラウスの奴」

クラウスとベアトリスが踊り始めたのを横目に見つつ、イルヴィスは上衣の内ポケットから仮面を取り出し、装着した。

そして杖をつきながらホールへ向かう。クロエも慌ててイルヴィスを追いかけた。

クラウスたちが踊り終わると、イルヴィスは近くにいたウェイターに杖を渡した。

（恥と言うけれど……足が不自由なことを笑う人などいないわ）

それでもイルヴィスは、ダンスが上手く踊れないことに苛立《いらだ》ちを感じるのだろう。

せめてクロエが上手くカバーできればいいのだけど。

イルヴィスが足を少し引きずりながらホールの中央に向かう。

ぱらぱらとした中途半端な拍手が起きる中、イルヴィスは中央で立ち止まると、クロエに向かって手を差し出した。

（どうしたらいいかしら……。そうだわ）

クロエはホールに足を踏み入れる前に、くるりと観客のほうへ振り向いた。

右から左までを見まわし、ドレスを摘まむと優雅にお辞儀をする。

クロエの可憐な振る舞いに、大きな拍手が巻き起こった。

それからクロエは軽やかにホールへと滑《すべ》り出る。

（わたくしが目立つように動いて、観客の目をなるべくイルヴィス様の足からそらすというのはどうかしら。上手くいくかどうかはわからないけど、とりあえずやってみよう）

クロエはイルヴィスの前で、再度ドレスを摘まんで腰を屈《かが》める。

そして、羽が舞うようにふわりと手を上げ、彼の手の上に置いた。

ゆっくりとした三拍子のリズムは踊りやすい。この選曲は、クラウスの配慮だろう。

イルヴィスがクロエの腰に手をまわし、音楽に合わせて一歩足を踏み出す。

クロエはイルヴィスを中心として、彼の周囲を蝶《ちょう》のように舞った。

(わたくしが主にステップを踏んで、イルヴィス様の周りを動けばいいのだわ。そうすれば、彼はあまり動かずにすむもの)

イルヴィスが最小限の動きですむよう、クロエは何度もターンして細かなステップを踏む。

その軽やかな舞いに、他の参加者たちからため息が漏れた。

「なんて可愛いんだ……!」

「ダンスの名手ですのね」

クロエの優雅なダンスに、あちこちから拍手がわき起こる。

しばらくすると、他の客たちもホールに出て踊り始めた。

クロエたちは徐々にホールの端へ移動し、きりのいいところでそっと抜け出した。

壁際に寄ると、クロエはイルヴィスの足を気遣う。

「イルヴィス様、どこか痛むところはございませんか?」

「大丈夫だ。これくらい問題ない」

「そうですか。痛みが出てきましたら、教えてくださいませ。氷を用意しますから」

クロエがそう言って顔を上げると、イルヴィスは不思議そうな表情でこちらを見下ろしていた。

「イルヴィス様?」

クロエが問いかけても、イルヴィスは何も答えない。

だが、突然覆《おお》いかぶさるようにしてクロエを抱きしめてきた。クロエは驚きのあまり硬直してしまう。

「クロエ……。私の……」

喉から絞り出すような切羽詰《せっぱつ》まった声が、クロエの心をドクンと震わせる。

(イルヴィス……様……?)

音楽が、しっとりとしたものに変わった。

ホールで踊る人たちはパートナーと身体をぴったり寄せ合い、ゆるやかな音楽に身を任せている。

そんな中クロエは、イルヴィスにしっかりと抱きしめられていた。

最初は驚いて身を硬くしてしまったが、次第に力が抜けていく。イルヴィスの体温がクロエを優しく包み込んでおり、とても心地いい。

このままずっと抱きしめられていたい。そんな欲望が胸の内側から生まれる。

だがイルヴィスはクロエを解放し、短く言った。

「席に戻ろう」

彼がクロエを抱きしめていたのは、ほんの数秒のこと。

クロエはイルヴィスの逞《たくま》しい背に腕をまわしたい衝動に駆られたというのに、彼はあっさり離れていく。

「イルヴィス様……」

切なげに名を呼ぶが、つれない態度で背を向けられ、途端に寂しい気持ちになる。

仕方なくあとについていこうとしたら、イルヴィスが振り向きざまに手を差し伸べてきた。

「おいで、クロエ」

「はい、イルヴィス様」

その手を取り、しっかりと握りしめる。

クロエは安堵するとともに、指先にきゅっと力を入れた。

(こんなふうに、時々手を繋ぎたい……。それを望むのは我儘《わがまま》?)

上目遣いで、そっとイルヴィスを見る。彼は怒っているわけではなさそうだが、楽しそうでもない。いたって普通の顔だ。

ふたりは手を繋ぎながら席に戻る。

イルヴィスがソファに座ると、ウェイターが杖を持って現れた。

彼はそれを受け取り、ウェイターにチップを渡す。

ウェイターが一礼して去ったあと、イルヴィスは杖をまじまじと眺めた。

鷹《たか》の頭部を象《かたど》った真鍮《しんちゅう》の持ち手を握ったり、鉄製の石突《いしづき》を指で撫《な》でたりしている。

「いかがいたしましたか? イルヴィス様の杖ではないのですか?」

「いや。私のものだ」

ではなぜ、そんなにも念入りに確認しているのだろう。

疑問に思ったけれど、イルヴィスは何も言ってはくれなかった。

やがて気が済んだのか、彼は杖をソファに立てかける。

そしてウィスキーのグラスを手に取ると、グラスの中で氷がカランと音をたてた。

「イルヴィス様……？」

クロエが名を呼んでも、彼からの返答はない。寂寥感《せきりょうかん》を覚え、どうでもいいことを話してみる。

「ベアトリス様が、猫をつれていらっしゃいましたの。ミミという名の子猫でした」

イルヴィスはクロエの話に相づちすら打たなかった。

まるで鼓膜《こまく》にも届いていないかのようだ。けれどクロエは、頑張って話しかけ続けた。

「とても可愛いのです。イルヴィス様と新しい土地で暮らすことになったら、わたくしも猫を飼いたいのですが、いいでしょうか？」

そんなクロエの問いを無視して、イルヴィスがホールを指さした。

「イベントトイベントとうるさかったが、どうやら面倒なことを企《たくら》んでいるようだな、クラウスは」

「え……？」

ダンスタイムが終わったようで、クラウスがホールで何か話している。

「皆さん。今夜は楽しいイベントを多数ご用意しております。ふるってご参加ください」

彼の楽しそうな声が聞こえた。

イルヴィスがふうと息を漏らす。

「クラウスはおせっかいな奴だ。ことあるごとに私とクロエを引っ張り出そうとするだろう」

イルヴィスの言葉を裏付けるように、クラウスの声がひと際《きわ》大きく響く。

「ご夫婦、恋人のペアは、ホールにお越しください。新婚さん大歓迎！」

やれやれといった調子でイルヴィスが立ち上がる。

席に戻って、まだ数分しか経っていない。イルヴィスの足に負担がかからないだろうか。

クロエは心配になるが、彼は気にした様子もなくホールへ向かう。慌ててクロエも立ち上がり、あとを追いかけた。

ホールに出ると、他にもカップルが数組いた。クラウスが彼らに向かって説明する。

「今からゲームをします。まず女性はボーイの案内に従って船内の所定の場所に移動してください。その十五分後、男性は女性を探しに出発していただきます。名付けて恋人探しゲームです」

恋人探しと聞き、ゲームに参加しない人たちから拍手がわき上がる。

「最愛のパートナーを見つけて、一番早くここに戻ってきた方が優勝です。素晴らしいプレゼントをご用意していますよ」

船内の所定の場所とは、どこだろうか。もし舞踏室《ボールルーム》から遠かったらどうしよう。この船は大きい。無暗《むやみ》やたらと探しまわらせては、イルヴィスの足によくないように思う。

クロエの心配そうな表情に気付いたのだろう。クラウスが彼女にウインクすると説明を付け足した。

「ご安心ください。仮面舞踏会《マスカレード》が夜通し開催されるからといって、ご婦人方を長時間同じ場所にとどまらせるつもりも、紳士諸君を無駄に歩かせるつもりもありません。ちゃんとヒントがございます。ぜひそれを活用し、見事パートナーを見つけ出して、この場に戻ってきてください」

ヒントとは、どういうものなのだろう。クロエはますます不安になるが、クラウスは構わず開始を宣言した。

「では、ゲームスタートです！　女性の皆さんは各自ボーイについて移動してください」

クロエはボーイのひとりに案内され、舞踏室《ボールルーム》の出口へ向かう。

歩きながらイルヴィスのほうを振り向き、彼がどんな表情をしているのかを確認した。

さぞかし怒っているのだろうと思っていたが、なんとイルヴィスはクラウスと談笑していた。

（笑っている……？　そんな……。先ほどまであんなに機嫌が悪そうだったのに……）

イルヴィスの考えが今ひとつ理解できないまま、クロエはボーイに先導されてエレベーターに乗った。とある階で降りると、ボーイがクロエに言う。

「こちらで、しばらくお待ちください」

「いつまで？」

「お相手の方が到着されるまでです。私がヒントをお教えしますので、遅くても数十分後にはお迎えにいらっしゃるでしょう」

ボーイはそう言うと一礼して、エレベーターのほうへ戻っていった。

ひとりきりになったクロエは、あたりを見まわした。ここはプールやジャグジーのあるフロアだ。

夜だというのに、水着姿で遊んでいる人たちがいる。

清涼な水音に惹《ひ》かれてプールに近付こうとしたら、すぐさま別のボーイに止められた。

「お客様。ここは裸足《はだし》か、底の柔らかいサンダルでないと入れません。靴をお脱ぎください」

「……はい」

クロエはデッキチェアに腰掛け、パンプスを脱いだ。

そしてそのまま、楽しそうに水しぶきを上げる人たちを眺める。

クロエは星空を見上げ、先ほどのイルヴィスの笑顔を思い浮かべた。

少しだけイルヴィスのことが分かったと思ったのに、彼はすぐに理解できない人に戻ってしまう。

（もっと彼の心が知りたいわ。できれば、わたくしのことをどう思っているのかを……）

優しくしてくれたかと思いきや冷たく突き放されて、クロエはすっかり落ち込んでいた。自分は妻としてイルヴィスと関係を築きたいと思っているが、彼にとっては迷惑な話なのかもしれない。

そんなことを考えていると、突然甘く柔らかい声が降ってきた。

「あなたは昨日、チョコレートサロンでお会いした方ではないですか？」

「え……？」

何かがクロエの視界をふわりと遮《さえぎ》った。

たなびくマントが、月夜の星々からクロエを覆《おお》い隠す。

「あなたは……」

目の前に、背の高い美しい男性が立っていた。

栗色の髪をした彼は真っ白なタキシード姿で、シャツもネクタイも、靴にいたるまで白い。

ただ、胸に挿《さ》した一輪の薔薇《ばら》と、羽のついた仮面だけが赤かった。

華美な装《よそお》いなのに、美貌とマッチしているせいか違和感がない。

男性はクロエと視線が合うと優雅に微笑んだ。見たものを虜《とりこ》にするような色っぽさだ。

「ご気分がすぐれないなら、私が部屋まで送りましょう」

彼はそう言ってクロエの前に、すっと手のひらを差し出す。

「ありがとうございます。でも結構ですわ。わたくし、人を待っておりますので」

「そうですか。ではそれまで、あなたの隣に座る許可をいただけますか？」

「いえ、それは……」

男性はクロエの返答を待たずに、隣のデッキチェアに腰掛けた。

彼は落ち着いた仕草で長い脚を組む。そんな姿も様《さま》になっている。

困る、とはっきり口にしたほうがいいだろうか。

しかしそれは失礼だろう。早く会話を終わらせて、場所を変えたほうがいい。

……いや、移動したらイルヴィスが困ってしまう。

クロエが逡巡《しゅんじゅん》していると、男性が話しかけてきた。

「私はオスカーと申します。よろしければ、お名前を教えていただけますか」

「クロエと申します」

「クロエ。美しい名だ。あなたにとても似合っている」

「ありがとうございます、オスカー様」

お世辞だろうが、目も眩《くら》むような美男に褒められて、クロエはどぎまぎした。

うぬぼれているわけではないが、こんなに素敵な男性に褒められたら舞い上がってしまう。

(どうしましょう。顔が熱いわ……。オスカー様の声が耳について離れない)

「よろしければ、オスカーと呼んでくれませんか」

「わたくし、男性を呼び捨てになどできません」

「お願いしているのです、クロエ。あなたには他人行儀な呼び方をされたくない」

「え……」

戸惑うクロエに、オスカーが眉目秀麗《びもくしゅうれい》な顔を近付けてきた。あまりの美しさに目が眩《くら》む。

「あなたと、ずっとこうして見つめ合っていたい」

(そんな……まるで愛の告白みたいだわ)

「わたくし……あの……」

結婚しているのです。

わざわざそう口にするのは自意識過剰だろうか。

単なる社交辞令を本気にしたと笑われるのは恥ずかしい。

すっかり困り果てていたら、オスカーが不意打ちのようなキスをクロエの頬に落とした。

呆然とするクロエに、オスカーは鮮やかに微笑みかける。

「仮面舞踏会《マスカレード》では、身分や立場など関係ない。そして仮面をつけていても、私はあなたを見つけることができると思っていました。これは運命の恋だから」

――運命の恋。

戸惑うクロエに、彼は妖艶《ようえん》に微笑む。

抜きん出た美貌の持ち主で、所作や物腰も優雅な紳士。

そんな男性に、運命の恋と言われるなんて。

「さあ、行きましょう。私の運命の恋人」

オスカーがすっと立ち上がり、手を差し出してきた。

「でも、わたくしは……」

ここでイルヴィスが来るのを待たねばならない。

「あなたを連れ去りたい。私のもとに来ませんか？　必ず幸せにします」

「オスカー様……」

クロエの心に、誰かが小さな声で囁《ささや》く。

愛のない偽りの結婚生活より、運命の恋だと言ってくれる男性の胸に飛び込んだほうが、幸せではなかろうかと。

けれどクロエは、瞬時にその考えを否定した。

（なんてことを考えてしまったの……。わたくしったら……！　こんな、イルヴィス様を裏切るような……）

クロエはさっとオスカーから顔を背《そむ》けた。するとその瞬間、彼に手をぎゅっと握りしめられ、びくんと身体が震える。

「あ、あの……申し訳ございません。わたくし、どうかしていましたわ……手を離してくだ……」

すべて言い終わる前に、オスカーの指にさらに力が籠《こ》もった。そのまま彼のほうに引き寄せられる。

「あなたのご主人が今の私たちを見たら、どう思うでしょうね」

「ご主人？　わたくしが結婚していると知っていたのですか……？」

「ええ。悲しいことですがね。チョコレートサロンに迎えに来た、異国の男性でしょう。でも私にとっては、さほどの障害ではありません。だって……」

オスカーはそう言うと、目だけをクロエに向けてきた。意志の強そうな瞳に圧倒されてしまう。

「あなたを奪ってしまえばいいのですからね」

オスカーはクロエの腰を掴むと、強い力で引き上げた。

「きゃっ……オスカー様……！」

彼はクロエを抱きしめると、マントで包み込む。

「寒くないですか？」

「あ、あの……。あまり近付かないで……」

クロエはそう言うが、オスカーはまったく聞き入れる気がないようだ。顔をクロエの首筋に近付け、そっと耳元で囁《ささや》く。

「単刀直入に言います。次の寄港地で私と一緒に下船しませんか？」

「えっ……」

「あなたを、あの無慈悲な男のもとへは返したくない。私の国に来てください」

「……それは」

「私と結婚してほしいのです」

クロエは慌てて首を横に振り、彼の逞《たくま》しい胸を懸命に押し返す。

「無理です。わたくし、すでに婚姻届を出しております」

「国が変われば問題ありませんよ。我が国で挙式しましょう。あなたは闇公爵などと呼ばれるような男に相応《ふさわ》しい女性ではない」

「闇公爵……？」

「そうです。知らないのですか？　あの男のよくない評判を」

オスカーは強い口調でそう言うと、離れようとするクロエの手首を掴む。

クロエは彼の放った不穏な言葉に気を取られ、ぎゅっと指を強く絡められたことにも気が付かなかった。

「あの……闇公爵とは……」

どういう意味でしょう——そう問いかけようとしたとき。

仲を引き裂くように、ふたりの間に杖の先端が差し込まれた。

「何をしている」

氷のように冷たい声がクロエに投げつけられる。

見上げると、イルヴィスが杖をオスカーに突きつけ、恐ろしい形相《ぎょうそう》で立っていた。

「イルヴィス様……」

クロエはオスカーに手を握られていたことに気付き、慌てて振りほどいて彼から離れる。

イルヴィスの黒い瞳が怒りでメラメラと燃えていた。

クロエはなんと言っていいか分からず、言葉に詰まってしまう。

（どうしよう……。こんな場所で他の男性とふたりきりでいた挙《あ》げ句《く》、手を繋いでいたなんて……）

「答えろ。私の妻に何をした」

イルヴィスが杖の先端をオスカーに向けたまま、今度は彼に訊《き》いた。

オスカーは悪びれる様子もなく、悠々とイルヴィスに向かい合う。

背は少しだけオスカーのほうが低いが、ふたりの身体つきは似ていた。双方とも肩幅が広くて筋肉質で、胸板も厚い。

だがどこか陰鬱《いんうつ》な空気をまとうイルヴィスと、明るく華やかなオスカーでは、受ける印象は真逆だと言っていい。

闇と光。ふたりはそれくらい相反していた。

「何もしておりませんよ」

オスカーが冷静に返す。イルヴィスは目を細め、口の端を微妙に歪《ゆが》めた。

「何もだと？　私の妻を抱きしめていたように見えたが」

それを聞いたオスカーは肩を竦《すく》めて薄ら笑いした。余裕綽々《しゃくしゃく》で、飄々《ひょうひょう》とした態度だ。どうやらオスカーはイルヴィスに対して、優越感を覚えているようだった。

「誤解ですよ。あなたの奥方が足をくじいてしまったので、医務室へ連れていこうとしただけです。立ち上がろうとした拍子に彼女がよろけてしまい、慌てて支えました。それ以上のことは何もありませんよ」

イルヴィスはデッキチェアの横に脱ぎ捨てられたパンプスを一瞥《いちべつ》し、忌々《いまいま》しそうに目を細めた。

「それについては礼を言う。だがこれ以上、私の妻に触れないでもらおう」

イルヴィスの口調は攻撃的で、オスカーの言い分をまったく信じていないように見えた。

オスカーは「やれやれ」と一言漏らすと、彼に両手のひらを見せておどけた態度を取る。

「その杖を下げてください。責められるいわれはありませんよ」

「どうだかな」

イルヴィスはそう言いながらも、杖を下ろす。

オスカーはマントを翻《ひるがえ》してクロエのほうを振り返り、怯《おび》える彼女に優雅にお辞儀をした。

「では奥方、私はこれにて失礼いたします。あとはご主人にみてもらってください」

そう言うと、彼はクロエにだけ見えるようにウインクした。

そしてイルヴィスの横を通り過ぎ、軽い足取りで去っていく。

オスカーが姿を消すと、クロエは急に力が抜け、ふらふらとデッキチェアにへたり込んだ。

イルヴィスがクロエの目の前に立ち、威圧するように見下ろしてくる。

「足をくじいたのか」

詰問するような鋭い声に、クロエは身を縮こまらせる。恐ろしすぎて何も返答できない。

(怒られる……。どうしよう……)

ところがイルヴィスは身を屈《かが》めて床に膝をつけると、クロエの足首に手を添えた。

「腫《は》れてはいないようだな。動かせるか」

クロエは、こくりと頷《うなず》いた。

様々な感情が胸中に渦巻《うずま》いている。

オスカーにプロポーズされたこと。次の寄港地で一緒に降りようと言われたこと。彼の言葉に一瞬でも心が揺らいだのは、イルヴィスに対する裏切りだ。

それに今も、足をくじいたと嘘をついている。だというのに、イルヴィスは怒るより先にクロエの足を心配してくれた。

申し訳ない気持ちでいっぱいになって、クロエのエメラルドの目に涙が滲《にじ》む。

大粒の雫《しずく》が頬を伝い、自分の意思では止められそうにない。

涙に気が付いたイルヴィスは、クロエの目元に指先を伸ばす。

彼女の仮面をするりと取り外し、顔を覗き込んできた。

「痛いのか」

「ち……違……」

思ってもみなかった彼の優しさに、胸の底から感動が込み上げ、クロエは両手を伸ばしてイルヴィスに抱きついた。

涙の意味なんて、自分でも分からない。

叱責《しっせき》されなかったことに安堵したから？　それともイルヴィスが想像以上に優しくしてくれたから？

違う。一番の理由は……

「イルヴィス様が迎えに来てくださったことが嬉しくて……」

「迎えも何も、最初からそういうゲームだっただろう」

確かに、これはパートナーを探すゲームだ。けれどイルヴィスはまったく乗り気ではなかった。それなのに、クロエをわざわざ探してくれたのだ。そしてありもしないクロエの怪我まで、気にしてくれた。

それがとてつもなく嬉しい。

彼は両腕でクロエを囲い込むと、そのまま強く抱きしめてきた。

クロエはイルヴィスの広くて厚みのある胸にもたれかかる。

「ひとりで……寂しかったです……」

「だからといって、妙な男と手を繋ぐ奴があるか」

やはりイルヴィスは、しっかり見ていたようだ。クロエは慌てて首を横に振る。

「望んでそうなったわけでは……」

イルヴィスはクロエの返答を最後まで聞かず、立ち上がって脇の下にすっと手を差し込んできた。

そのまま横抱きにされる。

「重くないですか？」

「今さらだ。これを持っていろ」

イルヴィスから杖を渡され、クロエはそれを胸元に抱え込む。

彼はしっかりとした足取りで、乗ってきたエレベーターとは反対側のエレベーターへ向かう。クロエは慌てて靴のことを話した。

「あとでボーイに届けさせる」

「仮面舞踏会《マスカレード》に戻るのですか？」

「いや、このまま部屋に行く。クラウスには事情を伝えさせておく。私の鈍《どん》くさい妻が足をくじいたとな」

「申し訳ございません。イルヴィス様の面子《めんつ》を潰すような真似を……」

「この程度で私の面子《めんつ》が潰れるか」

怒っていないだろうかと、クロエはこわごわイルヴィスに視線を向ける。

だが、あまりに無表情すぎて、彼の感情が掴めない。

イルヴィスはクロエを抱き抱えたまま、エレベーターに乗り込む。幸い、他に人はいなかった。

エレベーターがウィンと唸《うな》って降下すると、イルヴィスが話しかけてきた。

「必要以上に私の足を気遣うな」

「でも……」

「クロエを運ぶくらいなら大丈夫だと、何度言ったら分かる。私はこの足になってからも時折重い荷物を運んでいる」

「わたくしより重い荷物ですか？」

イルヴィスは少し間を置いてから答えた。

「クロエよりは軽いかもしれん」

「えっ……。じゃあ、やっぱり下りたほうが……」

それを聞いたイルヴィスが、くっくっと喉を震わせて笑い出す。

からかわれたのだと気付き、クロエは顔に熱が集まるのを感じた。

「ひどいですわ、イルヴィス様」

本気で心配したのに。

そう言おうとしたら、イルヴィスの顔が近付いてきて、クロエの額に唇が触れた。

（おでこにキス？　どうして……？　てっきり怒らせてしまったとばかり思っていたのに……）

顔から火が噴き出しそうになるクロエに、イルヴィスは何食わぬ顔で言う。

「私の内ポケットから鍵を出してくれ」

「は、はい」

クロエはイルヴィスの上衣の内側を探り、内ポケットから鍵を取り出す。

彼はそれを受け取ると、クロエを抱き上げたまま器用に鍵穴に差し込んだ。そして扉を開け、部屋の中に入る。

そこで下ろされるかと思ったが、彼はそのまま寝室へ移動し、そっとベッドの上に座らせた。

「ありがとうございます」

イルヴィスは無言で頷《うなず》くと、寝室から出ていこうとした。そのとき、めくれあがったラグに足を引っかける。

だが手近にあったソファの背に掴まって身体を支えたので、転倒はしなかった。

クロエは彼の杖を自分が持っていることに気付き、慌ててベッドから飛び下りて駆け寄る。

「杖をどうぞ、イルヴィス様」

イルヴィスが、じっとクロエを見下ろす。

「くじいた足は大丈夫なのか」

「あ……。は、はい。もう痛くは……」

クロエはとっさに反応できず、不自然に口ごもってしまった。

彼の顔に嫌悪の色が浮かび上がる。

「足をくじいたというのは嘘なのか」

低い声で問われて、クロエは口を閉ざしてしまう。

違うと言わなければ、嘘が露見《ろけん》してしまう。いや、もう遅い。クロエは平気な顔で歩いてしまったのだ。

「なぜ嘘をついた」

地の底から響くような、怒りを含んだ低い声。クロエは恐怖のあまり震える。

「嘘……では……」

「あの男を庇《かば》ったのか」

「いえ、オスカー様を庇《かば》ったわけでは……」

「オスカーというのか、あの男は」

ダメだ。何をどう口にしても裏目に出てしまう。

イルヴィスの怒気に気圧《けお》され、クロエは思わずあとずさった。

「おれを謀《たばか》るつもりか」

イルヴィスがそうつぶやくと、クロエの手首を掴み上げた。

そのままクロエはベッドのほうへ引っ張られて、荷物のように投げ出される。

ドレスがめくれて太ももまで露《あら》わになり、クロエは慌てて引き下げようとした。

「そんなことを気にしてどうする」

イルヴィスが片方の膝をベッドに乗せる。ベッドのギシリと軋《きし》む音さえ、クロエを責め立てているような気がした。

「イルヴィス様……」

「てっきりおれは、クロエがあの男に無理矢理何かされたのだと思っていた。だが、どうやら違うようだな」

イルヴィスの一人称が『おれ』になっている。

クラウスたちの前では気を許している証《あかし》といえるが、クロエの前では違う。

それは大抵、感情が昂《たか》ぶっているときだ。

「クロエが、あの男を誘ったのか？」

「違います」

「ではなぜ足をくじいたなどと嘘をついた。おれから逃げる算段でもつけていたか」

「違います！　イルヴィス様から逃げるなんて……」

イルヴィスがクロエを囲い込むように迫ってくる。そのまま押し倒し、大きな身体で覆《おお》い被さってきた。

黒曜石《こくようせき》の目から、怒りの炎が立ち上る。

「逃げたければ逃げればいい。だが、よく考えてみるんだな。あなたの家族がどうなるかを」

「お父様とお母様、アミール……」

「私の配下が行方を探している。人買いの手に渡ったらしいというところまではわかっているが、今捜索を中止させたらどうなるだろうな」

「ひ、人買い……？　もしや、わたくしと同じような……」

「あのオークションなら、まだましなほうだ。客は金のある者に限られているからな。あなたの両親が捕まっているのは、奴隷売買の仲買人だ」

クロエの喉から、ひっと言葉にならない悲鳴が漏れる。

「あなたの愚かな両親は、このままでは異国で奴隷として死ぬまで働き続けることになるだろう」

ずっと貴族として暮らしてきた両親が、そんな生活に耐えられるとは思えない。

「お許しください……。どうかお父様とお母様を……」

「そういえば弟もいたか。どうやら両親と引き離されたらしくてな。そちらは別ルートで探させている」

それを聞いて、クロエの心臓がぎゅっと痛くなる。

「弟は……まだ幼《おさな》くて……ひとりで生きては……」

「分かっている。そちらにも人を向かわせている。捜索を続けてほしければ、二度とあの男に会うな」

「会いません！　それに、わたくしから声をかけたわけではないのです」

必死で言い募《つの》るクロエに、イルヴィスが冷笑する。

「どうせ相手は、船旅の間の暇潰しを探している貴族の坊ちゃんだろう。美しいとでも言われて、その気になったたか」

「ちが……」

クロエは否定しようとするが、イルヴィスの糾弾《きゅうだん》はまだ続いた。

「外見がよく金のある男ばかりを手玉に取り、ためらいなく利用する。自分は奉仕されて当然、特別扱いされて当たり前だと思っている。それがクロエ、あなただ」

「違います……。そのようなこと……」

「違わない。金や宝石をもらうだけもらって、感謝もしなければ礼もしない。それだけでは飽き足らず、金を借りてまで贅沢三昧《ぜいたくざんまい》を繰り返す。それが、あなたがこれまでにしてきた行為だ。借金まみれになったのは自業自得だろう」

（ひどい……とんだ言いがかりだわ……。イルヴィス様は一体何に憤《いきどお》っているの？）

クロエの困惑を無視して、イルヴィスの指が胸元のケープを掴み、即座に前をはだけさせた。

ドレスは胸元が大きく開いているので、深い谷間が彼の視線に晒《さら》される。

恥ずかしさのあまり、クロエは両手で胸を隠そうとした。

だが彼は、クロエの細い両手首を片手でひとまとめにして頭上に縫《ぬ》いとめてしまう。

そしてもう片方の手で、胸元の生地を乱暴に掴む。衣《ころも》の裂ける嫌な音が部屋に響いた。

クロエの豊満な胸が彼の目の前に飛び出す。

「あぁっ……」

右の乳房をぎゅうと握りしめられ、クロエはあまりの痛さに悲鳴を上げた。

「イルヴィス様っ……お許しください……」

「許す？　許されなければならないような罪を犯《おか》したと、自分で認めるのか」

「わたくしはっ……何も……。っあん……。いたっ……」

彼の大きな手のひらが、クロエの柔らかな胸を揉みしだく。

「まっ……待ってください……」

「散々《さんざん》待った。初めてのとき乱暴に抱いてしまったから、怖がらせぬようにとしばらく控えていたが、他の男に色目を使うなら話は別だ」

イルヴィスは鋭い声音でそう言うと、手首を掴む手に一層力を込めた。

「うっ……」

クロエは痛さのあまり顔を歪《ゆが》めるが、彼の力は緩《ゆる》みそうにない。

もう片方の手は、形や重量を確かめるように、何度も胸を揉み上げる。

「ぁあっ……んんっ……」

胃の奥がぎゅっと軋《きし》み、嬌声《きょうせい》が漏れてしまう。そんなクロエを、イルヴィスが嘲笑《あざわら》った。

「手荒に扱われるのが好きなのか。特殊な性癖《せいへき》だな。だが、クロエが望むならそうしてやろう」

イルヴィスの嘲《あざけ》りに、クロエは言葉を詰まらせる。

(ひどい……。どうしてここまで貶《おとし》められなければならないの？　オスカー様とふたりきりでいたから？　足をくじいたという嘘を否定しなかったから？　……いいえ、何か根本的なところで誤解されているような気がする)

胸を覆《おお》っていた大きな手のひらが背中にまわされ、ドレスの腰にあるホックが次々と外されていく。

あっという間にドレスを脱がされ、ショーツ一枚の姿で彼の目の前に横たわる。

彼はすぐさま最後の一枚にも手をかけてきた。

「まっ……待って……」

小さな声で訴えるクロエを、彼は冷え冷えとした表情で見下ろす。

「何を待つ必要がある。あなたは今、他の男に取り入ろうとした罰を受けている最中だ。自《みずか》ら足を開いて陳謝するくらいのことをしてみてはどうだ」

「っう……」

イルヴィスは最初から、クロエの言いわけに耳を傾ける気などないのだ。

クロエはオスカーに取り入ろうとしたわけでもないし、逃げようだなんて考えていない。

彼の申し出に心を動かされたのは事実だが、首を縦に振ってはいない。

やましいことなど何もないのに、イルヴィスはクロエの言うことを何ひとつ信じようとしなかった。

クロエは震える唇で「違う……違う……」と繰り返す。

「好きでもない男に抱かれるのはそんなに嫌か？　恨むなら享楽のために散財した自分を恨むがいい」

イルヴィスはクロエの両手首を離すと、ふるふると震える胸を再び揉みしだく。

乱暴ともとれる手つきに、クロエは苦しげに顔を歪《ゆが》めた。

それを拒否と受け取ったのだろうか。イルヴィスが低い声でつぶやく。

「あなたはおれの妻だ。だからおれの好きなようにさせてもらう」

イルヴィスは薄紅色に染まった突起を摘まむと、きゅっと持ち上げた。

鋭い痛みにクロエの喉がヒュッと鳴り、背が弓なりにそる。

彼は構わず乳首を指で擦り合わせた。ジンジンとした熱い疼《うず》きが、乳房の先端に生じる。

痛みは徐々に快感に変わり、それを証明するように乳首が形を変えた。

ぷっくりと大きくなり、熟《う》れた木の実のように赤く染まる。

「やはり痛いほうが好きなようだな。乳首が勃《た》っているぞ」

イルヴィスの言葉に羞恥《しゅうち》を煽《あお》られて、クロエの全身から汗が噴き出る。心臓がドクンドクンと激しく鼓動し、呼吸すら上手くできない。

「はぁっ……んんっ……だって……」

イルヴィスの黒髪が、クロエの胸元を掠めた。尖《とが》った乳首を、彼の温かい口腔《こうこう》がすっぽりと覆《おお》う。

「ひゃっ……ぁあんっ……」

ちゅうっと音をたてて強く吸い上げられると、クロエの口から嬌声《きょうせい》が上がった。

さらにイルヴィスは、唇でそこをぎゅっと食《は》み、舌に乗せてくすぐるように舐《な》めていく。

それを繰り返されるたび、クロエの身体はビクンビクンと震えた。

熱く濡れた舌で器用に乳首を転がされ、クロエは身体をなまめかしく揺らしてしまう。

美しい金色の髪がリネンシーツの上で波打った。

「あぁ……んんっ……。んんっ……」

あんなに詰《なじ》られた直後だというのに、胸を愛されるだけで嬌声《きょうせい》を漏らしてしまう。

そんな自分をはしたなく感じ、手の甲を口元に当てて歯を立てた。

「ふっ……んんっ……ん……」

喘《あえ》ぎ声が小さくなったことに気付いたイルヴィスは、クロエの手首を掴むと自分のほうへ誘導した。

ピンク色の歯形がついた手の甲に、彼が唇を這《は》わす。

「噛んでほしいのなら、正直に頼め」

その言葉の意味が分からず、クロエは目に涙を浮かべて首をかしげる。そんな彼女に、イルヴィスは乾いた笑いを返した。

そして、クロエの指にぴちゃりと舌で触れる。

「あんっ……」

舐《な》められると思っていなかったクロエは、くすぐったくて首を竦《すく》める。だがすぐに、イルヴィスは彼女のほっそりとした指に歯を立てた。

「いっ……」

イルヴィスはクロエの指を、親指から順に一本ずつ噛んでいく。

時折キシキシと歯を横にスライドさせるので、むず痒《がゆ》い痛みで意識が朦朧《もうろう》としてしまう。

「痛……い……。やめ……んんっ……」

懇願《こんがん》して、指を引こうとする。だがイルヴィスは指を噛んだり舐《な》めたりを繰り返した。

その行為をひとしきり続けたあと、彼は興味を失ったように手を解放する。

クロエがほっと安堵したのも束の間。

胸にある薄紅色の突起を、イルヴィスは両方の指で摘まみ上げた。

「はぁっ……ぁあんっ……。ダメぇ……」

「何をしてもダメだとか嫌だとか言う。挙《あ》げ句《く》の果てには自傷まがいに自《みず》らを噛んで、何がしたい」

イルヴィスは辛辣《しんらつ》な言葉を吐きながらも、クロエの身体を熱く滾《たぎ》らせ、快感にも似た痛みをひたすら与えてくる。

クロエは繰り返し襲ってくる刺激に耐えきれず、柔らかな乳房を震わせた。

それを見たイルヴィスが、喉を震わせ、くっと笑う。

「ああ、痛いのが好きだったか。では、その口から出る言葉は本音ではないのだな。もっと痛くしてくれという意味か？」

「違っ……」

痛みにジンジンと疼《うず》く乳首を、彼が指先で捏《こ》ねまわす。

「ぁあんっ……っ……ひゃぁんっ……」

赤い唇を震わせながら懸命に息を吸おうとするが、口からは喘ぎ声が漏れるだけ。

豊満な胸が空気を求めるように上下して、紅色に染まった乳首がふるふると震えた。

クロエの体温が急激に上昇し、なめらかな肌に汗がしっとりと滲《にじ》む。

その姿を見て、クロエが感じているとわかったのだろう。イルヴィスは先ほど脱がし損《そこ》ねたショーツに手をかけると、勢いよく足首まで下ろしてしまった。

彼は脱がせたショーツをまじまじと見つめ、クロッチ部分に指を当てる。

「濡れているな。そんなに興奮したか？」

蔑《さげす》むようにそうつぶやくと、イルヴィスはショーツをぽいとベッドの下に落としてしまった。

「……うぅっ……」

イルヴィスの手が、クロエの下肢に伸ばされる。閉じた両足を強引に開き、柔らかな毛をかき分けて秘所に触れた。

「ぁあっ……んんっ……」

「蜜が染み出しているな。純情ぶっても身体は正直だ」

なおも続く嘲笑にクロエは身を竦《すく》め、足を閉じる。すると、すぐさま叱責《しっせき》された。

「自《みずか》ら足を開くようにと言っただろう。それとも、おれの許しなど必要ないということか」

「そんな……」

「罰を受けているという自覚を持つんだ。さあ、早く足を開いて」

彼の指が濡れた肉襞《にくひだ》を擦《こす》り上げる。

「いっ……痛っ……」

口答えをしても意味はない。

クロエはゆるゆると膝を立てると、彼に陰部が見えるよう太ももを開いた。

それでは物足りないとばかりに、イルヴィスはクロエの膝頭《ひざがしら》を両手で持ち、左右に大きく開く。

両足の間に身体を滑《すべ》り込ませ、秘所に顔を近付けてきた。

羞恥《しゅうち》と不安に心が乱される。彼は指先で陰毛をかき分けると、その奥にある秘裂にふっと息を吹きかけた。

「あっ……んっ……んんっ……」

そんな微《かす》かな刺激にさえ、クロエの身体は打ち震えてしまう。

イルヴィスは赤く長い舌を伸ばし、濡れた陰部をぬるりと舐《な》め上げた。

「ひゃぁっ……っ……んっ……！」

血管が浮き出た媚肉《びにく》を舌で割り開き、奥に隠れていた敏感な肉芽を舌先で突《つつ》く。

包皮ごと舌で転がしたり、溢《あふ》れる蜜を唇で啜《すす》ったり、淫靡《いんび》な動きを繰り返した。

クロエの腰がビクンビクンと揺れ、激しい愉悦《ゆえつ》が下腹の奥からせり上がってくる。

「やぁっ……！　ひゃぁあんっ……」

どんなにクロエが叫ぼうとも、イルヴィスは舌の動きを止めない。濡れそぼった舌を小刻みに動かして、秘肉を執拗《しつよう》に舐《な》めしゃぶる。

「ぁんっ……あんっ……やぁんっ……！」

クロエの艶《つや》を帯《お》びた甘い声が、喉の奥から漏れる。

唾液にまみれた熱い舌がねっとりと淫唇を攻め、じゅるじゅると蜜を吸い上げる音が部屋中に響き渡った。

「や……やぁんっ……」

クロエは腰を揺らし、激しい刺激から逃れようと必死になる。

だがその間にも、彼は濡れそぼった熱い舌でぬるぬると割れ目を舐《な》め上げていく。

媚肉《びにく》に沿って何往復も舐《な》めたあと丁寧に割り広げ、奥に隠されていた小さな蕾《つぼみ》にも舌を添える。

敏感なそこを舌で舐《ねぶ》られると、クロエの身体はガクガクと震えた。

「ぁあっんっ……」

小さい肉芽がぷっくりと姿を現し、イルヴィスは舌を小刻みに上下させてそれを転がす。

「……っひゃ……」

クロエが太ももを閉じようとすると、彼の両腕が腰をがっしり掴んで阻《はば》んだ。たっぷりと唾液を絡め、さらに淫唇を舌で攻め立ててくる。

「ぁあっ……んんっ……」

おかしくなりそうなほどの愉悦《ゆえつ》が襲う。身体の内側に鈍い痺《しび》れが籠《こ》もり、快楽に溺れてしまいそうだ。

「はぁっ……ぁあんっ……」

彼の舌が、蜜口周辺の柔らかさを調べるように何度も突《つつ》く。

くすぐったくて腰を浮かすと、動かすなと言わんばかりに押さえつけられた。

彼はそのまま、蜜壺へ舌を押し込めようとする。

背筋から快感がぞわりとわき立ち、生々しい感触に下半身をビクビクと震わせた。

「いい感じで濡れてきたな。これなら痛くないだろう」

あんなに乱暴にクロエを攻め立てたのに、唇での愛撫《あいぶ》は丁寧で優しく、そして執拗《しつよう》だ。

「……あっ……ぁあっ……」

クロエが快楽に溺れかけた頃合いを見計らって、彼は膝立ちになるとスラックスの前をくつろげた。

下穿《したば》きの奥から硬くなった肉茎を取り出し、見せつけてくる。

猛々《たけだけ》しく脈打ち、怒張《どちょう》したイルヴィスの雄。

その生々しい肉感と色に、クロエは唾をごくりと呑み込んだ。

「おれを受け入れるんだ。心でも身体でも」

掠れた低い声で囁《ささや》かれ、彼の腰がクロエの秘部にあてがわれる。

「あぁっ……」

初夜の激しい痛みを思い出した途端、クロエの身が硬くなった。

「怖い……。痛いのは……嫌……」

そう無意識につぶやく。すると、イルヴィスは上半身を倒してクロエの耳朶《じだ》に舌をあてがう。

「今日は充分に濡らしてある。怖がることはない」

彼のしっとりとした低い声が耳をくすぐった。

「で、でも……」

「力を入れるな。痛くなるぞ」

「んんっ……」

彼はぬちゅぬちゅと舌で耳殻《じかく》を舐《な》めながら、濡れた蜜口に肉棒を挿《さ》し込んでくる。

突然ズンッと肉棒が押し込まれ、あまりの衝撃にクロエの背がそり返った。

「痛っ……ゃあぁっ……！」

彼は腰を勢いよく引き、再び最奥まで強く押し込む。

「ひっ……！」

鋭い痛みを覚え、クロエは大きく口を開いて掠れた悲鳴を絞り出した。

「……ひっ……！　んくっ……あぁあっ……！」

首をのけぞらせ、悲鳴のような嗚咽《おえつ》を漏らす。

腰を引いて逃れようとするが、彼は下肢をしっかりと掴んでいて離してくれない。

痛さのあまり下腹に力を入れると、彼の肉棒をきゅっと締め付けてしまった。

イルヴィスの眉間《みけん》に、くっきりと皺《しわ》が寄る。

「くっ……。もう少し……慣らすべきだったか……」

「いっ……いた……い……」

「仕方がない。一旦抜くか」

そう言って彼が腰を引いた。

するとカリの部分がクロエの膣内《ちつない》をグリッと刺激し、腰から微弱な電流が走る。

「ふっ……！　ぁあっ……！」

ビクンビクンと腰を浮かして快感を示すクロエを見て、イルヴィスは腰を再び押し込んだ。

「痛いのではなかったのか」

「ふっ……痛くてっ……き、気持ち……いいっ……」

熱に浮かされたように告白するクロエを、イルヴィスは困った顔で見下ろす。

「仕方のない人だ」

イルヴィスがゆるゆると腰を動かし始めた。クロエはされるがまま、彼の怒張《どちょう》した雄を受け入れる。

「あっ……ぁあっ……」

喘ぎながら、彼の筋肉質で広い背中に腕をまわした。

何かにすがりついていなければ、痛みと愉悦《ゆえつ》が混ざったこの感覚に耐えられそうにない。

彼の肩胛骨《けんこうこつ》のあたりに、綺麗《きれい》な筋肉が浮き上がっている。

それに指を這《は》わせ、クロエは懸命に痛みをやり過ごそうとした。

だが圧迫される苦しみにより、目から涙がどんどん溢《あふ》れ出てくる。

零《こぼ》れる雫《しずく》を、彼が舌先で舐《な》め取ってくれた。

「……ぁあんっ……」

濡れた肉路にみっちりと収まっている肉棒を、カリの部分まで抜かれたかと思うと、勢いよく突き刺される。

亀頭で蜜口の周辺をぐにぐに押され、ズンッと最奥まで突かれた。

そのたびにクロエは逞《たくま》しい胸にしがみつき、涙を流して喘ぐ。

「はぁっ……ぁあっ……んんっ……ぅふっ……んんっ……」

「もっと力を抜け」

「無理……ですっ……。イルヴィス様の……大きくて……っひゃぁあんっ……！」

脈打つ肉棒の動きは激しさを増し、熱を伴《ともな》って膣壁を擦《こす》り上げた。

「やぁっ……。お許しくださいっ……イルヴィス様っ……」

「この美しい肌を、おれ以外の男に触れさせるな」

「は、いっ……。っ……やぁあっ……んんっ……！」

「クロエ……」

絞り出すように名を呼ばれても、彼の激しい熱情に翻弄《ほんろう》されて心の奥まで届かない。

「理性のたがが……はずれそうだ……」

イルヴィスは苦しげにつぶやくと、クロエの華奢《きゃしゃ》な身体をぎゅっと抱きしめた。

密着した彼の肌から、淫猥《いんわい》なフェロモンが香り立つ。

潮風と色気の漂《ただよ》うムスクの香り。

その官能的な香りに誘われ、クロエは彼の胸に再びすがりつく。

厚い胸板に尖《とが》った乳首が擦《こす》れ、ジンジンとした疼《うず》きが身体中を支配した。

「ん……ぅんっ……！　んんっ……はぁっ……！」

「クロエ……。クロエ……」

「やあぁああんっ……！」

ひと際《きわ》激しく腰をグラインドされ、あられもなく嬌声《きょうせい》を上げる。

熱く滾《たぎ》った肉棒を荒々しく突き立てられ、クロエはもう息も絶え絶えだ。

聞こえるのは、ベッドの軋《きし》む音、イルヴィスの荒い息、腰を打ち付ける音。

どこからか聞こえないはずの波音まで響いてきて、クロエの心に染み渡る。

「おれから逃げようなんて考えたら……」

低く囁《ささや》かれるイルヴィスの言葉が、クロエを激しく追い込んだ。

「壊れるまで抱いてやる」

「やっ……！　もう、もっ……あっ……あぁっ……！　んんっ」

彼の腰が、ひと際《きわ》速く動く。

膨《ふく》れ上がった男根が、クロエの膣内《ちつない》で弾《はじ》けそうになった。

「くっ……」

「ぁああっ――――――！」

ぶるりと身体を震わせ、イルヴィスがクロエの中に精を放つ。それと同時に、クロエも絶頂に達した。

「あっ……ぁあっ……」

クロエの肉襞《にくひだ》が収斂《しゅうれん》し、吐き出された精液を奥深くへ誘導する。

「ぁあっ……。は……はぁ……」

クロエは汗にまみれた身体を弛緩《しかん》させ、ベッドの上に投げ出した。

吐精しても、イルヴィスはクロエを腕の中から解放しなかった。密着した肌越しに、彼の荒い鼓動を感じる。

身体が痛くて、クロエは放心したまま瞼《まぶた》を閉じた。

「クロエ……。おれのクロエ……」

薄れゆく意識の中で、イルヴィスの声が聞こえたような気がした。

＊＊＊

クロエは、額や頬を撫でる手のひらの感触で目が覚めた。

ぼんやりとした意識の中、彼の心配そうな顔が視界に入る。

「微熱があるな。環境の変化か、それとも……」

そんな声が聞こえたが、返答できないまま再び眠りについてしまう。

もう一度目が覚めたとき、イルヴィスの姿はどこにもなかった。

部屋には太陽の光がきらきらと差し込み、時計の針はまもなく昼をさす。

いつの間に着せられたのだろう、クロエはナイトウェアの上にシルクガウンを身につけていた。

腰紐もしっかり結ばれているし、身体も綺麗《きれい》に清められている。

（イルヴィス様が？　まさか……。でも、他に考えられない……）

床に目をやるが、昨晩脱がされたドレスはない。それもイルヴィスが片付けたのだろうか。

クロエはベッドから下りると、リビングへと足を向けた。

「イルヴィス様……？」

名を呼ぶが、どこからも返事はない。諦《あきら》めてソファに座ろうとしたら、ノックの音がした。

「はい……どうぞ……」

小声で返事をすると、ドアの外から大きな声が響いてくる。

「おはようございます、奥様。アメリーです」

溌剌《はつらつ》とした彼女の声が、こめかみをズキンズキンと直撃する。クロエは扉を開けながら、頭を押さえた。

「ごめんなさいね、アメリー。今日は部屋から出られそうにないわ……」

「ご主人様からも伺っております。奥様の調子が悪いので、部屋でお世話するようにとのことでした」

「そう……」

「私はもう昼食をいただきましたが、奥様はいかがなさいますか？　ルームサービスでも頼みましょうか。ちなみにご主人様は図書室にてお仕事をされるそうです」

「図書室……」

「はい。あと、ご主人様から解熱剤を預かっております。お風邪ですか？」

アメリーが水の入ったコップと錠剤をクロエに手渡してきた。

薬を飲んだら、もう少しだけ寝ようかと考えたが、クロエは思い直す。

「イルヴィス様は図書室なのね？」

「はい。そう伺いました」

仕事中なのだろうが、クロエはどうしても彼に伝えたいことがあった。

「わたくし図書室へ行きたいの。一緒に来てくれる？」

そう言うと、アメリーがにっこりと笑う。

「はい。お供します」

クロエはアメリーの手を借りて着替えた。

アメリーがクローゼットから出してきたドレスは、柔らかいコットン生地で、ネックラインは大きく開いている。胸の下にはたっぷりのギャザーが寄せられ、裾《すそ》がふわりと広がっていた。

髪もアメリーに結ってもらった。といっても、項《うなじ》でひとまとめにし、ドレスと同じ色のリボンで結ぶだけという簡単なものだ。

仕上げに薄手のショールを肩からかけられ、胸元を隠すように言われる。

「ご主人様から、肌を出させないようにと申しつけられております」

「そうなの？　だったら、最初から胸元が見えるドレスなんて用意しなければいいと思うのだけど」

そう疑問に思って尋ねると、アメリーがクスクス笑う。

「複雑な男心というやつじゃないですか？　美しい自慢の妻を、豪華に装《よそお》って見せびらかしたい。でも、他の男性の視線は集めたくないんでしょう」

「男心……」

ピンとこないクロエは、アメリーの言葉に何も返せない。

アメリーは気にした様子もなく「行きましょうか」と声をかけてきた。

「そうね」

アメリーと共に図書室のあるフロアへ向かう。

彼女は隣のギャラリーで絵画を見て時間を潰すというので、クロエはひとりで図書室に入った。

おそらく船内で一番静かな場所だと言っていいだろう。物音ひとつしない。

木製のシックな書棚が並び、落ち着いたアッシュブルーのソファと丸テーブルが並んでいる。

思ったより、読書をする人は少なかった。

午後の暖かい日差しの下、コーヒーを飲む人や、昼寝をしている人のほうが多い。

クロエはイルヴィスを探した。

話し声ひとつ聞こえない図書室を、ゆっくりと歩く。

少し奥に行ったところで、イルヴィスを見つけた。椅子《いす》に腰掛け、テーブルで何かを書いている。

細身のトラウザーズとシャツ、ベストというスタイルだ。

イルヴィスは、髪や瞳と同じ色の服を好んで着ることが多い。今日もシャツ以外はすべて黒ずくめで、傍《はた》から見ると少し怖い印象を受ける。

近付くと、カリカリというペンの音だけが聞こえてきた。

クロエは足音をたてずに彼の横まで行き、小声で名を呼ぶ。

「イルヴィス様……」

するとイルヴィスはクロエのほうを見ることもなく、冷たい声で返してきた。

「どうした、クロエ。私に何か用か」

一言ですむようなことではなかったので、何かと問われてもとっさに答えられない。

「あの……」

「さっさと用件を言いなさい。ここは私語禁止だ」

「わたくし……イルヴィス様とお話がしたくて……。お忙しいようでしたら、あとでも構いません。待っております」

イルヴィスは何も言わずノートや本を閉じ、それらを足元の鞄《かばん》に入れた。

そして無言で立ち上がると、クロエをじっと見つめてくる。

「昼は何か食べたのか」

「いえ……。食欲がなくて、何も食べられそうにありません」

そう返すと、彼が目を細めた。そしてすっと視線をそらし、背を向ける。

「一緒に来なさい」

「はっ……はい」

クロエは必死で、彼のあとについていく。

図書室を出たところで、アメリーが近寄ってきた。

クロエが何か言う前に、イルヴィスは彼女に指示を出す。

「クロエは私が部屋まで送っていくから、あとは自由に過ごしなさい」

「ありがとうございます、ご主人様」

アメリーは一礼すると、足早にその場を離れていく。

彼女が去ってから、イルヴィスはまたクロエの顔をじっと見つめてきた。

心がドクンと跳ねる。

「イルヴィス様……」

思わず俯《うつむ》くと、彼の指がクロエの頬に触れて滑《すべ》り下り、顎《あご》にかかる。

クロエは目をそっと上げて、イルヴィスを見た。

表情の変化が乏《とぼ》しいせいか感情が読めない。

「それで、なんの用だ」

「あの……わたくし、どうしてもイルヴィス様の誤解を解《と》きたくて」

「誤解？」

「はい。昨晩の件です。靴を脱いだのは足をくじいたからではなく、プールサイドでは裸足《はだし》になるようにとボーイに言われたからです。それをなぜかオスカー様がくじいたとおっしゃって……わたくしはイルヴィス様に嘘を言うつもりはありませんでした」

「なるほど。確かにくじいたと言い出したのは、あの男だったな。だが、なぜあの男とふたりきりでいた？　それはどう言い訳するつもりだ」

「それは、あの……隣に座られてしまって……」

「断ればよかったことだ。もしくはその場から立ち去るとか」

「……申し訳ございません。彼に恥をかかせてはいけないと思ったのです。けれど、軽率でしたわ。もう二度といたしません……」

イルヴィスに嘘つきだと思われたくない。クロエはその一心で必死に言葉を紡《つむ》いだ。

「なるべく私のそばから離れるな。私がいないときはアメリーをつける。それでもあの男が力尽くでどうこうしようというのなら、こちらにも考えがある」

「イルヴィス様、あの――」

クロエは、オスカーから一緒に船を降りようと言われたことについても、正直に言おうとした。けれどその言葉を、イルヴィスの冷たい声が遮《さえぎ》った。

「誤解を生じさせたのは、あなたの落ち度だ。昨晩あなたを手ひどく追及し、乱暴に抱いたことを謝罪する気はない。これからは軽率な行動を取らぬよう注意しなさい」

彼はそれだけ言うと、背を向けてさっさと歩き出してしまう。

「イルヴィス様……」

つまらぬ言い訳をしたのが悪かったのだろうか。イルヴィスをさらに怒らせてしまった。

クロエは黙って彼のあとを追う。

部屋に到着すると、人目がなくなったことで気が抜けたからか、クロエを眩暈《めまい》が襲った。

立っているのが辛い。へたり込むようにソファに座ると、身を竦《すく》めて頭を抱える。

「私は図書室へ戻るが、アメリーを呼ぶか？」

このままクロエを置いていくというのだろうか。いくらなんでも、それは冷たすぎる。

「……さいませ」

「何？」

「行かないで……くださいませ……。お願いです。そばに……」

「そばにいろと？」

クロエは、小さく頷《うなず》いた。

「アメリーじゃなく……。イルヴィス様……に……」

心が沈んでいる今、笑顔を作ることも、相手に気を遣わせないようにすることも難しい。

アメリーの太陽みたいな笑顔は眩《まぶ》しすぎるし、おしゃべりな彼女をうるさいと感じてしまうかもしれない。

でも、イルヴィスにはそばにいてほしい。

不機嫌でも辛辣《しんらつ》でも、彼にいてほしいと思った。

けれどイルヴィスはクロエに背を向け、キッチンのほうへ行ってしまった。

それだけで、クロエは地の底まで落ち込みそうになる。

自分は彼にとって、どうでもいい存在なのだろう。

必死で懇願《こんがん》したのに冷たく放置され、心が粉々になりそうだ。

涙が溢《あふ》れてきて、ソファの肘掛けに顔をうつ伏せる。そうしていたら、突然イルヴィスに肩を掴まれた。

驚いて見上げるが、涙で彼の顔がぼやけて見える。

「飲みなさい」

差し出されたのは、水が入ったグラスと錠剤。

「薬だ。まだ体調がよくないのだろう」

体調のせいもあるが、それ以上に激しく気落ちしていて、クロエは指先ひとつ動かせなかった。

見かねたイルヴィスが、涙で濡れたクロエの小さな唇に、錠剤をそっと押し込む。

さらにグラスのふちを押し当て、冷たい水を流し込んだ。

「ん……」

クロエが薬を嚥下《えんげ》すると、イルヴィスは空になったグラスをテーブルの上に置いて、隣に座った。

「行かないで……くれますか……？」

クロエが小声で尋ねると、イルヴィスは眉一つ動かさずに答える。

「ああ。しばらく部屋にいるから、そう不安がるな」

「イルヴィス様……」

クロエはイルヴィスの腕にもたれかかった。

怒られないよう、嫌がられないよう、慎重に体重をかける。

触れ合った肩から、彼の体温が伝わってきた。

そこでイルヴィスが身じろぎしたので、気に障《さわ》ったのかとクロエは心配になる。

ところが彼は、腕を広げてクロエの華奢《きゃしゃ》な身体を抱え込んだ。

するとクロエの目から、もっと涙が溢《あふ》れてしまう。

「ふっ……ううっ……」

「まだ身体が辛いのか」

辛いのは、身体ではない。心だ。

オスカーに抱きしめられたのも、彼の嘘をすぐ訂正できなかったのも、すべて自分の甘さが原因だった。

それなのに、イルヴィスはそんなクロエのそばにいてくれる。

クロエの頬を、涙が幾筋も伝う。肩を震わせ、嗚咽《おえつ》を懸命に堪《こら》えた。

その姿を見て、イルヴィスが咳払いしてから言う。

「すまなかった」

「え……」

「どこか痛いのだろう？　具合が悪いだけではなさそうだ。医務室へ行くのも難しいようなら医者を呼んでこよう」

「イルヴィス様……」

謝罪する気はないと口にしたばかりなのに、イルヴィスは自分でその言葉を覆《くつがえ》した。

クロエが泣いているからという、ただそれだけで。

「イルヴィス様……お願いです。謝らないで……」

「クロエを傷付けるつもりはなかった。だが昨晩、衝動に駆られて乱暴に抱いたのは事実だ。おれのせいで身体のどこかを痛めたのだろう」

イルヴィスの一人称が『おれ』になっている。そのことで、謝罪は心からのものだとわかった。

どうしよう。涙が止まりそうにない。

「悪いのはわたくし……。ご恩を忘れ、勝手な真似をしたわたくしです……。許してください」

クロエは彼の胸にそっと顔を埋《うず》めた。

「もう……怒らない……で……」

イルヴィスがクロエの髪に手を滑《すべ》らせるように撫《な》でる。

「怒っていない」

その言葉は本当なのか、それとも泣きじゃくるクロエを慰《なぐさ》めようとしているだけか。

どちらでもいい。その言葉だけで充分だ。

クロエの肩を掴む彼の手に、もっと力が籠《こ》もる。

そのうち薬が効いてきたのか、クロエは彼にもたれかかって眠ってしまった。

＊＊＊

気が付くと、夕日が部屋に差し込んでいた。オレンジ色の光がクロエの目を刺激する。

何か温かいものの上に、俯《うつぶ》せになって眠っていたようだ。

とても気持ちがいい。

がっしりとした何かが、守るように抱きしめてくれていて……

それがイルヴィスの身体だと気付くまでに、数秒を要した。

彼がソファに横になっており、その上でクロエは寝てしまったようだ。

イルヴィスは右手でしっかりとクロエの身体を抱きしめ、左手で本を読んでいる。

ページをめくるときだけ右手が離れ、それは再びクロエの背に置かれた。

時折、赤ん坊をあやすように、ぽんぽんと優しく叩いてくれる。

（気持ちいい……。でもこれって、彼に全体重を預けてしまっているのよね。重くないかしら。……当然、重いはずだわ）

だが、イルヴィスの胸に乗せている頬から、心音がトクトクと響いてくる。それがたまらなく気持ちいい。

クロエはなんだかとても嬉しくなって、イルヴィスの厚い胸板をぎゅっと抱きしめた。

「起きたのか」

「はい……」

イルヴィスの声が降ってきたので、クロエは少しだけ上半身を起こした。

すると随分と近い距離から、彼の顔を覗き込むことになる。

「イルヴィス様……」

最後に口付けをしてもらったのはいつだろう。

昨晩はしてもらえなかった。

なぜかクロエは、彼と口付けを交わしたくなっていた。

自分から彼の唇に触れるのは、はしたないだろうか。

そう思いながらも、ゆっくりと首を伸ばす。

だが、彼は持っていた本をテーブルに置くと、クロエの脇の下に手を入れて持ち上げた。

「きゃっ……」

「起きたのなら下りてもらおうか。それに、あと一時間ほどしたら出かけるぞ。そろそろ着替えねばならん」

「着替えですか……？」

クロエはそろそろとイルヴィスの上から下り、床に足をつけた。

彼も起き上がり、ソファに座り直す。そしてトラウザーズのポケットから、くしゃくしゃになった封筒を取り出した。

皺《しわ》だらけなのは封筒だけではなかった。トラウザーズにもシャツにも、くっきりとした皺《しわ》ができている。

それを見れば、彼の身体の上でかなり長い時間を過ごしたことがわかった。

「クラウスからディナーの招待状が来ている。仮面舞踏会《マスカレード》を中座したことを、一応謝っておかねばな」

「はい……」

クロエは、しゅんとしてしまう。

このまま彼と、もうちょっとだけ甘いひとときを過ごしたかったのに。

「クラウスたちに謝るのが嫌なのか」

「そんなことはありません。ただ……」

クロエは俯《うつむ》き、もじもじしながらも正直に言う。

「もうちょっと、ふたりきりでいたい……です……」

すると、イルヴィスは招待状をテーブルに置いた。

「クラウスには申し訳ないが、謝罪は明日にさせてもらうか。今夜はルームサービスでも頼もう。私も着替えるのが億劫《おっくう》だ」

イルヴィスがソファに深く座り直したので、クロエは彼の膝に座り、広い胸にそっともたれかかる。

「ありがとうございます」

胸を弾《はず》ませて礼を言いながら、イルヴィスの素直じゃない優しさに頬を緩《ゆる》ませた。

(ディナーもふたりきりで取れるなんて、すごく嬉しい)

そんなクロエの心情を知らず、イルヴィスが怪訝《けげん》そうな顔をする。

「どうした。まだ体調が悪いのか」

クロエは「大丈夫です」とだけ答え、そのまま彼の胸にもたれ続けた。

イルヴィスは何も言わなかった。

そしてクロエも、無言で彼のそばに寄り添っていた。

＊＊＊

翌朝。イルヴィスとクロエは、船内のレストランへ足を運んだ。

店内に入ると、クラウスとベアトリスもそこで朝食を取っていた。

いくつかあるレストランの中でも、彼らは特にこの場所が好きで、いつも決まったテーブルで朝食を楽しんでいるらしい。

「おはよう、イルヴィス、クロエ嬢。どうかね、船旅を楽しんでいるかね」

「まあまあだ」

イルヴィスが素《そ》っ気《け》なく返す。クロエは今さらながら、イルヴィスの態度が失礼なのではないかと思った。

けれどクラウスは満足げな表情で口髭《くちひげ》を撫《な》でつけ、ベアトリスは楽しそうにアーモンドをかじっている。

彼らは、本当に気の置けない仲らしい。

イルヴィスが心を開くクラウスたちと自分も打ち解《と》けたいと思いつつ、クロエは彼らの前に出て、ドレスを摘まんで一礼した。

「クラウス様、ベアトリス様。おはようございます」

「おはよう、クロエ嬢。昨日は体調が悪かったと聞いたが、今日は顔色がいいようだね」

「おはよう、クロエちゃん。今日のドレスも似合っているわね」

「ありがとうございます。おかげさまで身体はだいぶよくなりました。先日の仮面舞踏会《マスカレード》では途中で退席してしまい、誠に申し訳ございませんでした。昨晩のお誘いもお断りすることになってすみません。またお声がけいただけるでしょうか」

クロエが丁寧に述べると、クラウスとベアトリスが感心したような顔で見つめてくる。

「いいのよ。またお誘いするわ。それより身体のほうが大事よ」

「ご心配をおかけいたしました」

そんなふうに話していると、クラウスが朝食を一緒にと誘ってくれたので、クロエたちも同じテーブルにつくことにした。

「そういえばイルヴィス。君の頼み事については、なんとかするよ」

「そうか。助かる、クラウス」

「構わないよ。親友の頼みだからね。それにしても……」

クラウスが、意味ありげな視線をクロエに投げかけてきた。

「君をここまで変えてしまうとは、奥方は大したものだね」

「余計なことを言うな」

イルヴィスがムッとしたのを見て、クラウスもベアトリスもクスクスと笑っている。

首をかしげるクロエに微笑みかけ、ベアトリスはお酒の入ったグラスを手に取った。

「天気がよくてありがたいわ。今日は、せっかくの寄港日ですもの」

「寄港日？」

「そうよ。今日の午後には、ひとつ目の寄港地であるウェリントンに到着するのよ」

ウェリントンは、この国の王都の真南に位置する賑《にぎ》やかな港町だ。

一年中、暖かい気候なのでリゾート地としても人気があり、この時期なら海水浴をする旅行客がいっぱいいるだろう。別荘を持っている上位貴族も多い。

魚介料理が人気で、南国特有の花が名産となっている。

「船の再出発は明日の夕方だから、今晩は海辺のホテルに泊まるお客もいるわ。クロエちゃんたちもゆっくりしていらっしゃいな」

「わたくし、ウェリントンは初めてですわ。楽しみです」

はしゃぐクロエに向かって、イルヴィスは冷静な声で言った。

「アメリーと一緒に遊びに出るといい」

「え……」

クロエが思わず不安げな顔をすると、イルヴィスは言葉を付け足す。

「安心しろ。ちょっとした買い物くらいはできるよう、金は渡しておく」

お金のことを心配したわけではない。久々の陸での自由な時間だというのに、イルヴィスと一緒にいられないことを残念に思ったのだ。

「イルヴィスったら……。クロエちゃんと一緒に街を散策したらいいじゃないの」

クロエの胸の内を読み取ったらしいベアトリスが、代わりにそう言ってくれた。

「私は仕事がある。ウェリントンの近くの保有地で新種の薔薇《ばら》を作らせているから、視察に行くつもりだ」

「別に一晩中そこにいるわけじゃないでしょう？」

ベアトリスが呆れたような顔をする。

「馬車を使っても、港から片道数時間かかる。戻るのは深夜になるだろう。その間にクロエは港町を楽しむといい」

「わたくし、イルヴィス様と一緒に行きます」

強い口調で言ったクロエを、三人が驚いて見つめる。そんな中、クロエははっきりした口調でもう一度言った。

「お仕事の邪魔にならないよう大人しくしております。だから一緒に連れていってください」

第五章　あなたは私の愛《いと》しい薔薇《ばら》

ウェリントンで船を降りると、大きめの馬車が待っていた。

彼がもともと手配していたのは、座席の上に開閉式の幌《ほろ》がついた中型の馬車だったらしい。しかしクロエも同行すると言い張ったせいか、急遽《きゅうきょ》、箱型の大きな馬車に変更したのだ。

向かい合って座れるタイプで、クロエは仏頂面《ぶっちょうづら》のイルヴィスの向かいに腰掛けている。

目的地までは、港町から馬車で約二時間ほどだという。

馬車に乗り込んでからずっと、イルヴィスもクロエも無言だった。

イルヴィスが何もしゃべらないから、クロエも無駄口を叩けない。

(連れていってほしいとお願いしたことは、イルヴィス様にとって迷惑だったのかしら?)

彼はクロエのために、瓶詰《びんづめ》のリンゴジュースと焼き菓子が入ったバスケットを用意してくれた。

だが、ずっと不機嫌そうに黙り込んでいる。

無表情で腕を組むイルヴィス相手に、クロエもどうしていいのか分からない。

俯《うつむ》いて、自分の膝ばかり見てしまう。

すると、イルヴィスが唐突に口を開いた。

「退屈だろう。アメリーと一緒に町で遊んでいればよかったのに」

アメリーは親切だし、とても話しやすい。だが、クロエはイルヴィスと一緒にいたかった。

「わたくし、もっとイルヴィス様と――」

一緒にいたい。そう告げる前に、イルヴィスは嘆息《たんそく》した。

「どうした。昨日からやけに主張してくるが、私と一緒にいるのは気詰まりだろう」

クロエは即座に首を横に振る。

「そんなことありません。どうして……」

確かに、イルヴィスは素《そ》っ気《け》ない。

共通の話題もないし、まったく会話にならないときもある。

でも慣れてきたら、それが彼の個性なのだと気付いた。それからは、変に機嫌を窺《うかが》ってびくびくすることも少なくなった。

「私が近付くとクロエの身体が強《こわ》ばる。緊張しているようだから、あまり構わないようにしていたのだが」

その一言で、クロエの心に巣くっていた疑惑が一気に吹き飛んだ。

イルヴィスがあまり一緒にいてくれないのは、何か気に入らないことがあるわけではなく、クロエが気詰まりになるだろうと気遣ってくれているからなのだ。

だから、クロエの体調が悪かったときもアメリーに任せようとしたのだろうか。それなら誤解だと訴えたい。

「そんなことはありません。わたくしはイルヴィス様の妻です。たとえ……」

金で買われたお飾りの妻でも、とは言えず、とっさに別の言葉にすり替える。

「会話があまりなくても、一緒にいてほしいです……」

懸命に訴えるクロエを、イルヴィスが冷静な目で見つめてくる。

車内が再び静まりかえった。

(大胆なことを口にしてしまったかしら。……でも、昨日彼に抱きしめられてうたた寝したときから、どこかおかしいの。イルヴィス様と、もっと寄り添っていたいという気持ちがわき上がってくる)

クロエが落ち着かない気持ちになっていると、イルヴィスが口を開いた。

「私がそばにいるといつも怯《おび》えるのに、今日はどういう心境の変化だ」

「え？」

「心配せずとも、何不自由なく贅沢《ぜいたく》できるくらいの金なら渡す。望んでもいないのに私と一緒にいる必要はない」

(望んでいない？　そんなことないわ。イルヴィス様はどうしてそんなことをおっしゃるのかしら)

クロエはイルヴィスが何を言わんとしているのか分からなかった。

でも何か答えないと、彼の心には近付けない。何か……

クロエが言葉を探していると、馬車が速度を緩《ゆる》めた。それとともに、御者《ぎょしゃ》が声をかけてくる。

「到着しました、旦那様」

馬車が完全に停まると、イルヴィスは自《みずか》らドアを開けてさっさと降りてしまった。

クロエもドレスをたくし上げ、馬車を降りようとした。だが、足が滑《すべ》って転げ落ちそうになってしまう。

「きゃっ……」

短い悲鳴を上げるクロエの身体を、逞《たくま》しい腕がすぐさま支えた。

「大丈夫か」

「は、はい……」

「鈍《どん》くさいな」

イルヴィスは軽く笑うと、手のひらを差し出した。クロエはその手に、そっと自分の手を乗せる。

（言葉は冷たいのに、手のひらは優しくて温かいのね……）

イルヴィスのちょっとした言動にも、クロエの感情は揺さぶられる。

彼が見せる優しさの中に、クロエは自分なりの愛を見つけ出そうとしていた。

＊　＊　＊

イルヴィスと共に向かったのは、新種の薔薇《ばら》を育てているという温室だ。

中に入ると、全身に湿気がまとわり付いてとても蒸し暑い。

見上げると天井は高く、梁《はり》から多くのプランターが吊るされている。

ピンク、オレンジ、レッド、イエロー、グリーン……たくさんの色鮮やかな花が咲き誇っていた。

どちらを向いても花ばかり。そのあまりの美しさに、クロエは無意識に声を上げてしまった。

「まるで天上の楽園だわ。なんて素敵なの」

クロエの知っている花はもちろん、初めて目にする花もある。

「こんな花、見たことないわ。淡《あわ》い黄色から白へのグラデーションがとても綺麗《きれい》」

「それはこのあたりでは咲かない花で、わざわざ外国から取り寄せているものだ」

「じゃあ、この小さな花は？」

「それは南国から輸入したものだが、育てるのが難しく、この一株しか残らなかった。挿《さ》し木してなんとか数を増やそうとしているところだ」

イルヴィスが次々と説明してくれる。

小路を進んでいくと、温室の中央に人工の池があった。それも絵画のように素晴らしい。

池の周りにも花が咲き乱れ、大きくてつやつやとした葉が水面の上で揺らいでいる。

その下から、小さな魚が時折顔を出した。

クロエが覗き込むと、餌《えさ》をくれると勘違いしたのだろうか。魚たちが集まり、口をぱくぱくと開けて何かを訴えている。

「まあっ……可愛い。食事の時間なのかしら」

「ええ、そうですのよ。食べるところをご覧になりますか？」

品のいい老婦人の声がして、クロエはそちらを振り向く。

そこにはバケツを持った、人のよさそうな女性が立っていた。

「いらっしゃいませ、サージェント様。お待ちしておりましたわ」

女性が挨拶《あいさつ》すると、イルヴィスが軽く頭を下げて口を開いた。

「久しいな、ユルブナー夫人。今から餌《えさ》やりか」

ユルブナー夫人と呼ばれた初老の女性は、にっこり笑って池のほとりにしゃがむ。そして、地面に置いたバケツに手を差し入れた。

「嫌ですねえ、餌《えさ》だなんて。この子たちは私の大事な子供ですよ。食事と言ってください」

「それは失礼した」

ユルブナー夫人にたしなめられて、イルヴィスが軽く笑う。

夫人が撒《ま》き餌《え》を池に落とすと、ぱしゃぱしゃと激しく水音を立てて魚たちが跳ねた。

「きゃあっ……。なんて元気なの……」

ユルブナー夫人の隣にしゃがんで水面を覗き込んでいたクロエに、水しぶきが飛んでくる。

やがて食事が終了すると、魚たちは悠々と尾びれを揺らしてどこかへ泳ぎ去ってしまった。

ユルブナー夫人が、おほほほ……と上品に笑う。

「可愛いでしょう？」

「はい。とても」

ユルブナー夫人はゆっくりと立ち上がった。クロエも一緒に立ち上がる。

夫人は、小柄なクロエよりさらにひとまわり小さかった。ふくよかで微笑みを絶やさない姿は、母性をつかさどる女神のようだ。

そんな彼女がクロエに向かって手を差し出した。

「初めまして。私はステラ・ユルブナー。ガーデナーをしております」

「初めまして。わたくしは、クロエと申します。先日イルヴィス様と結婚いたしました」

そう言いながら、クロエは彼女の手を握り返した。

「まあ、そうでしたか。おめでとうございます」

「いたらぬ妻ではございますが、今後ともよろしくお願いいたします」

手を離すと、ユルブナー夫人はイルヴィスとクロエに向かってこう言った。

「お茶でもいかがですか？　ゼリーと焼きたてのクッキーがありますよ」

「いただこう。薔薇《ばら》の改良具合も訊《き》きたいことだし」

イルヴィスがそう答えると、ユルブナー夫人は目を細めてくすくす笑った。

「私はサージェント様が、どこでこんな美しい女性を見初《みそ》められたのかを訊《き》きたいですわ」

お茶と言うから、てっきりユルブナー夫人の屋敷に行くのかと思ったら、温室の奥に木製のテーブルと椅子《いす》が用意されていた。

ユルブナー夫人はふたりを小さな井戸まで案内すると、そこで手を洗うよう促《うなが》した。

「質のよい水でしてね。花の状態がいいのは、この井戸のおかげなのですよ」

水を手にかけると、冷たくて気持ちがいい。クロエはそこで手を洗い、イルヴィスとともに席についた。

それから、ユルブナー夫人がお茶の用意をしてくれた。

夫人がティーポットにお湯を注《そそ》ぐと、茶葉のいい香りが漂《ただよ》ってくる。

蒸らしたあと、それは氷の入ったグラスに注《つ》がれた。氷が溶けてカラカラとぶつかり合う音が爽《さわ》やかだ。

鮮やかなルビー色をしたゼリーと、小さな紫の花が練り込まれたクッキーも出される。

「美味《おい》しそう……。ユルブナー様、いただきます」

クロエは微笑むユルブナー夫人に礼を言うと、イルヴィスに向かって祈るように指を組んだ。

「イルヴィス様。ここまで同行させていただき、ありがとうございます。ユルブナー様も、こんな美味《おい》しそうなお菓子をご用意していただき、感謝いたします」

イルヴィスは何も言わなかった。

温室の中はうっすら汗ばむほど暑いので、冷えた紅茶が美味《おい》しい。ゼリーもひんやりとして、口の中ですぐに溶けてしまう。クッキーは花の砂糖漬けがいいアクセントになっていた。

「とても美味《おい》しいです。ゼリーは甘酸《あまず》っぱくて、口の中がさっぱりしますわ。クッキーも、甘くてふわりといい香りがして……」

「気に入ってくださったのなら、お土産《みやげ》に包んで差し上げますよ」

夫人が紅茶のおかわりを注《つ》ぎながら、嬉しそうな表情を見せた。

「本当ですか？　できればわたくし、作り方も教えていただきたいです。こんなに美味《おい》しいお菓子、自分でも作りたいですもの」

夫人は口に手をあてて、おほほほ……と笑った。

「いいですよ。そのクッキーを作るときは、ちょっとしたコツがいるんです。お土産《みやげ》と一緒にレシピをお渡ししましょう」

「ありがとうございます」

イルヴィスは何も言わず足を組み、ゆったりと椅子《いす》にもたれかかっている。

時折冷たい紅茶を口に含むが、お菓子には一切手を付けなかった。

美味《おい》しいお菓子のおかげで、クロエが胃も心も満足した頃。

テーブルの上の一輪挿《いちりんざ》しに、たくさんの花びらが幾重《いくえ》にも重なった大輪の薔薇《ばら》が生けられていることに気付く。

どこかで嗅《か》いだことのある、芳《かぐわ》しい香りがした。

「摘んだばかりのような、芳醇《ほうじゅん》で瑞々《みずみず》しい香り……。ベアトリス様がつけていらした香水に似ていますわ」

「ええ。ベアトリス様の香水は、この薔薇《ばら》を材料として作られたのですよ」

ユルブナー夫人に言われて、クロエはイルヴィスに顔を向けた。

「そうなのですか？」

「そうだ。クラウスとベアトリスの結婚祝いに、この新種の薔薇《ばら》をプレゼントした。そうしたらクラウスが、レディベアトリスと名付けて調香師に香水を作らせたのだ」

「結婚のお祝いに新種の薔薇《ばら》を……そしてそれを香水に……。なんてロマンチックなの」

「さらに新しい薔薇《ばら》も完成しておりますわ。ちょっと待っていてくださいね」

ユルブナー夫人はそう言うと、温室の奥から薔薇《ばら》を一輪持って現れた。

大きな花びらの外側はダークピンクで、内側はパープルとピンクのグラデーションになっている。近付くと、甘い香りが漂《ただよ》ってきた。

「可愛いでしょう？　香りは控えめですが、とてもいい匂いがするんですよ」

「八重咲《やえざ》き……いや半八重咲《はんやえざ》き種か？」

イルヴィスが問うと、ユルブナー夫人は頷《うなず》いた。

「ええ、半八重咲《はんやえざ》き種ですわ。サージェント様、この薔薇《ばら》に名をつけていただけますか？」

ユルブナー夫人はイルヴィスにそう言ってから、その薔薇《ばら》をクロエに手渡した。

棘《とげ》は取ってあるようで、手に持っても痛くない。半八重咲《はんやえざ》き種と言われたその薔薇《ばら》は、テーブルにあるものよりも花びらの数が少ない。

顔を近付けると、甘くて爽《さわ》やかな香りがする。

「いい香り……」

そうつぶやくクロエを見て、イルヴィスは言った。

「クロエ……。アムールクロエと名付けよう」

＊　＊　＊

「それでは、また薔薇《ばら》の収穫時期にお越しください。そのときこそ、美しい奥方との馴《な》れ初《そ》めを聞かせてくださいね」

ユルブナー夫人にたくさんのお菓子とクッキーのレシピをもらい、クロエは上機嫌だった。

嬉しいのはそれだけが理由ではない。

（あんな素晴らしい薔薇《ばら》に、わたくしの名をつけてくださるなんて……）

クロエは面映《おもは》ゆい気持ちでイルヴィスを見上げる。

彼は表情を変えなかったが、それでもクロエは嬉しかった。

温室を出て十分ほど歩いただろうか。イルヴィスは突然立ち止まると、ある建物を指さした。

「今夜は、あのホテルに泊まる。このあたりのホテルは王都にあるような高級なものではないが、我慢してくれ」

クロエはイルヴィスが指さしたほうに視線を向ける。

それは小ぶりなホテルで、確かに高級ではなさそうだが、美しい建物だ。

ホテルの前まで来ると、イルヴィスと一緒に、エントランスをくぐり、吹き抜けのロビーに入った。

風がよく通るロビーに、花柄の鮮やかなシャツを着たホテルマンが立っていた。彼はクロエたちの姿を認めると、「いらっしゃいませ」と朗《ほが》らかに声をかけてくる。

リゾート地ということもあり、宿泊者にはカジュアルな服装の人が多い。

イルヴィスがフロントで手続きする間、クロエはロビーのソファに座って待っていた。

ソファは、籐《とう》を編んだものにカラフルなクッションが置いてあり、いかにも南国らしい風情で、クロエは大層気に入った。

目の前のテーブルには南国のフルーツを使った珍しいジュースが置かれ、アロマの香るタオルを手渡される。

それで汗を拭《ぬぐ》っていると、イルヴィスが鍵を手にクロエのもとに戻ってきた。

すぐ部屋に行くのかと思ったら、彼はロビーを通り抜けてショップが並ぶ一角へと向かう。

ショーウインドーに華やかなドレスが飾られた店の前で、彼はクロエに言った。

「着替えを持ってきていないから、ここで調達しなさい」

「はい。イルヴィス様のお着替えもここで？」

クロエの言葉に、イルヴィスは目を細めて苦笑した。

「ここでは私の服は手に入らないだろうから、別の店に行く。一時間後に迎えにくる。支払いはそのときにするから、好きなものを選んでおきなさい」

「はい……」

イルヴィスは店員に何かを話すと、どこかへ行ってしまった。

店員に笑顔で案内され、商品の説明を受ける。

クロエは、草花の刺繍《ししゅう》が入った若草色のドレスと薄手のショール、そしてレースの下着を購入した。

「こちらのネックレスなどいかがですか？　浜辺で集めた貝殻《かいがら》を使っているんですよ」

店員が薦《すす》めてきたのは、薄いブルーや淡《あわ》いピンク色をした様々な形の貝殻《かいがら》を、麻紐《あさひも》で編み込んだ可愛いネックレス。

宝石もついていなければ、ゴールドやプラチナを使っているわけでもない。安価な素材で作られているが、凝《こ》ったデザインでとても素敵だった。

だが、いくら安くても、あまりお金を使うとイルヴィスに呆れられてしまうかもしれない。

ただでさえ、金遣いが荒いと思われている節がある。

必要以上の買い物はよくないだろう。そう思ってクロエは断ることにした。

「結構ですわ」

「お気に召しませんでしたか？　では……」

「ごめんなさい。そのネックレス、とても可愛くて気に入ったのだけど、必要以上の買い物はしたくないの。主人に呆れられてしまうわ」

「先ほど旦那様は、奥様が気に入られたものはすべて購入するとおっしゃいましたが……」

「え？　主人が？」

「ええ。奥様が気に入ったものは全部買うと……」

店員に困ったように繰り返され、クロエも困惑する。

イルヴィスに無駄に散財する愚かな女だと思われるのが怖くて、買い物を控えようとしたのに。

「いかがいたしますか？」

「ごめんなさい。やっぱり結構ですわ……」

クロエはよく考えて、結局買わないことにした。

購入したドレスは、あとで部屋に届けてくれるという。イルヴィスがそう指示していたらしい。

一時間後に迎えに来ると言われたが、クロエの買い物は三十分ほどで終わってしまった。

イルヴィスが戻ってくるまで、どうやって時間を潰そうかと思案する。店員に相談したら、ホテルの中庭が綺麗《きれい》だと教えてくれた。

「今の時期は、たくさんの花が咲き乱れていてとても素敵です。噴水には魚が泳いでいますし、孔雀《くじゃく》も放し飼いにされていますよ」

「まあ……孔雀《くじゃく》？　見てみたいわ」

イルヴィスが戻ってきたら中庭にいると伝えてほしいと店員に頼み、クロエはひとり中庭へ向かった。

ロビーを横切り、ショップとは反対側へ歩く。建物の中は風通しがよいが、湿気の多いこの地域では、ただ歩くだけでうっすら汗が滲《にじ》む。

中庭に出てしばらく歩くと、どこからか水音がした。ジャバジャバジャバ……と絶え間なく水面を叩く水音に、クロエの心が躍《おど》る。

南国らしい大きな葉が生《お》い茂る小路を抜けると、大理石でできた見事な噴水があった。

近寄って、水面を覗き込む。そこには、小さくて赤い魚が悠々と泳いでいた。

噴水を囲むようにベンチが置いてあり、クロエはそこに腰掛けて魚が泳ぐのを眺める。

「ふふっ……。お魚って可愛いわね」

しばらくそうしていると、突然、水面に黒い影が落ちた。イルヴィスだろうかと後ろを振り向き、面《おもて》を上げる。

だが、そこに立っていたのは、目映《まばゆ》いばかりの美貌の男性だった。

「オスカー様……？」

「さらいに来ましたよ、私の運命の恋人」

明るい栗色の髪が、太陽の光をキラキラと反射している。

「どうしてここに……」

「やはり、あなたとは運命の赤い糸で繋がっているようですね。どこにいても引かれ合うように出会ってしまう。神に感謝しなければ」

驚くクロエに向かって、オスカーは妖《あや》しく笑う。

彼は金糸で縁取られた上質な上衣をまとい、伊達男《だておとこ》らしい先が尖《とが》った靴を履いていた。

相変わらず華やかな出《い》で立《た》ちだ。

彼は騎士《ナイト》のように心臓に右手を当て、恭《うやうや》しく礼をした。

「美しいあなたの隣に座る許可をいただけますか？」

キザなせりふも様《さま》になる。そんな感想を抱いた直後、クロエは大切なことに気付き、背中から嫌な汗が噴き出してきた。

彼とふたりでいるところをイルヴィスに見られたら、今度こそ許してもらえないかもしれない。

クロエは慌てて立ち上がる。

「申し訳ございません。わたくし、もう行きますわ。失礼いたしま――」

だが、彼が素早くクロエの手を取った。

「あ……あの……」

狼狽《うろた》えるクロエを、オスカーが荒々しい表情で見つめてくる。

背筋がゾッとして、全身の毛が逆立《さかだ》った。

「……っ。オ、オスカー様……て、手を……」

彼から、攻撃的な空気がじわりと滲《にじ》み出ている。

(怖いっ……。どうしてオスカー様から、こんなに嫌なものを感じるの？)

クロエは得体の知れない恐怖におののく。そんなクロエを見て、オスカーは慌てて手を離した。

「申し訳ありません、我が姫。無粋《ぶすい》な真似をした私を許してください」

オスカーは慇懃《いんぎん》に言うと、背筋を伸ばして頭を下げた。

「い、いえ……」

心臓がばくばくしている。オスカーと距離を取ると少しおさまったが、それでも心音が彼の耳にも届いてしまいそうなほど激しく脈打っていた。

面《おもて》を上げたオスカーは、いつもの優雅な貴公子に戻っていた。

「怖がらないでください。愛《いと》しいあなたに拒絶されたら、私は生きていけない」

「そんな、大袈裟《おおげさ》です。わたくし、夫以外の男性とふたりきりになることはできません。無礼なのは承知しておりますが、これで――」

「私の心を知っていながら、つれない態度を取られるのですか？」

クロエの言葉を遮《さえぎ》るように、オスカーが言い募《つの》る。

「致し方ないことです。だって、わたくしは結婚していて……」

「言ったはずです。あなたを奪うと」

「え……」

意志の強そうな瞳に見つめられ、クロエはたじろいでしまう。

「闇公爵などと呼ばれる悪辣《あくらつ》な男に、あなたを渡すわけにはいかない。あの男の評判を知らないのですか？」

「評判？」

クロエがイルヴィスについて知っていることは少ない。

そのせいで、いつもクラウスやベアトリスを羨《うらや》ましく思ってしまうのだ。

クロエは純粋にイルヴィスのことを知りたくなり、オスカーに尋ねてみた。

「どのような評判ですか？」

オスカーは口角を少し上げ、目をすっと細めた。

まただ。オスカーはいつも貴公子然としているが、時折優越感に満ちた嫌な表情をする。

「もともとあの男は、造船所で働いていた平民なのです。生まれは卑《いや》しい労働者階級なのですよ」

イルヴィスが元平民であることは、すでに知っている。それがどうしたというのだろう。

「労働者階級の方を卑《いや》しいと思ったことはありませんわ。盗みをするとか人を殺すとか、そのようなことでもしない限り、わたくしは――」

「あの男は、その両方の罪を犯《おか》しています」

「……え？　人殺し……も……？」

オスカーは深く頷《うなず》いた。

自分の夫が、盗人《ぬすびと》で殺人者……。それは本当なのだろうか。

「あの男は五年前、リストニア公国の権力者であるサージェント公爵に取り入り、養子になりました。あの男の正式名はイルヴィス・ジークムント・フォン・サージェント＝リストニア。名前からも分かるように、サージェント公爵家はリストニアの大公の親戚なのですよ。ねずみにも劣る下層階級の男が国名を名乗るなど、分不相応としか言いようがない」

「それが、盗みや人殺しとどう関係するのです」

クロエが詰問すると、オスカーは飄々《ひょうひょう》とした様子で肩を竦《すく》めた。

「あの男は恩を仇《あだ》で返したのです。取り立ててくれたサージェント公爵を暗殺したのですよ。かくしてサージェント公爵家の財産はすべてあの男のものになりました。それゆえ、闇公爵と呼ばれています」

「証拠はあるのですか」

「リストニア公国では誰でも知っている話です。それこそ路地裏で靴磨きをしている少年でもね」

どこまで真実なのだろう。鵜《う》呑みにしてはいけない、鵜《う》呑みにしては……

「私と新天地に行きましょう。あの男とリストニアへ行ってはいけない。私はあなたを助けたいのです」

「わたくしを助けて、オスカー様になんの得があるというのでしょう?」

クロエの問いに、オスカーは首をかしげた。

「これは異なことを……。紳士たるもの、女性を助けるのに見返りなど求めません。それにあなたは、絶世の美女と誉《ほま》れ高い翠玉《すいぎょく》と真珠《しんじゅ》のクロエ。私はあなたをひと目見て心を奪われました。恋してしまったのです」

「……恋」

「そう、これは運命の恋です。クロエ嬢、どうか私と結婚してください」

──運命の恋。

そんな美しい言葉も、今は白々《しらじら》しく思えた。クロエは静かに首を横に振る。

「お気持ちは嬉しいのですが……」

「私の誘いを断ると? 正気ですか? あんな男の妻でいたいと?」

「ええ」

「……あなたの目を覚まさせてあげたい。こんな安っぽいホテルからは早く出ましょう」

安っぽいホテルだなんて、失礼だ。

開放的で清潔感があり、ホテルの従業員もいい人ばかりなのに。

中庭も素敵だし、クロエはこのホテルが気に入っていた。

(確かに、上位貴族のように洗練されたオスカー様には、物足りないかもしれないけど……。でもそれなら、なぜここに……)

オスカーとここで出会ったのは、偶然だと思っていた。

だが、よく考えたらここは港から馬車で二時間ほど離れた場所だ。

「オスカー様……。もしかして、わたくしたちを追って来られたのですか……？」

クロエがそう問うと、オスカーの瞼《まぶた》がぴくりと震えた。

その様子に、クロエの不信感はますます高まる。

目の前の男性は一体何者なのだろう。本当に、礼儀正しく親切で優しい人なのだろうか。

クロエの疑惑を振り払うように、美しいオスカーはすぐに表情を変えた。

そして手のひらを左胸にあて、切なげにこう語る。

「ああ……翠玉《すいぎょく》と真珠《しんじゅ》の姫君クロエ……。あなたに猜疑《さいぎ》の目を向けられるなんて耐えられない。私は決してあなたを尾行したわけではありません。このあたりは貴族の保有する農園が多い地域なのですよ。私もこの近辺にいくつか所有しております」

「このあたりに……？」

「はい。一仕事終えて港町へ戻ろうとしたところ、偶然あなたをホテルの前で見かけましてね。美しい花に誘われる蝶《ちょう》のように、引き寄せられてしまったというわけです」

「そう……ですか」

花や蝶《ちょう》というたとえはともかく、彼の言い分は充分に納得できた。

確かにこの周囲には農園が多い。クロエは馬車の窓から、のどかな田園風景をずっと見ていた。

クロエはオスカーを疑ったことを恥じた。頭を下げて、謝罪の言葉を口にする。

「大変失礼なことを申し上げました。お許しくださいませ」

「美しいあなたを断罪できる男など、この世にはおりませんよ」

（大袈裟《おおげさ》な物言いは、オスカー様の癖《くせ》なのね。それに惑《まど》わされて妙な疑いを持ってはいけないわ。彼に失礼ですもの）

クロエが面《おもて》を上げると、目の前にオスカーの顔があった。あまりの麗《うるわ》しさに目を奪われ、思わず息を呑む。

「オスカー……さ……」

秀麗《しゅうれい》な顔がさらに近付き、彼の手がクロエの頬に触れた。

そして反対側の頬には、オスカーの唇が触れる。

以前にも、オスカーに不意打ちでキスをされた。彼にとっては挨拶《あいさつ》の延長みたいなものでも、クロエには不貞行為でしかない。

「何を……」

「可愛らしいキスひとつで、あなたを許してあげようと思っただけです」

オスカーが悪びれずに言う。クロエは当惑してしまい、頭がまわらない。

「どうして……」

「あなたを心から欲しているのですよ。私のものにしたいのです」

クロエの脳裏《のうり》に、イルヴィスの辛辣《しんらつ》な声が響き渡る。

『捜索を続けてほしければ、二度とあの男に会うな』

そう釘を刺されていたのに。

クロエは一番恐ろしい事態を想像した。もしイルヴィスがクロエを探してここに来て、オスカーとふたりきりでいるところを見られたら……

このままではまずいと、慌ててオスカーから離れる。

「近寄らないでくださいませ。あなたのおっしゃったことは、すべて聞かなかったことにいたします。わたくしは夫のことをこれ以上裏切りたくは……」

「我が姫君、クロエ。どうしてそんなにも頑《かたく》なに、私の愛を拒絶するのです？　あの男はあなたに相応《ふさわ》しくないと、何度言えばよいのですか」

「お願いです……。離れて……」

オスカーはクロエの懇願《こんがん》を無視し、ゆっくりと足を踏み出してくる。

「きっと悪辣《あくらつ》なあの男に脅されているのですね。私では力になれませんか？　私は大抵のことなら解決できる力を持っています。何か困りごとがあればすぐに私を頼ってください。私の部屋は船の最上階にあります。あなたが来てくだされば、私はすぐに扉を開きますよ。覚えていてください。何かあればすぐに私のもとへ来ると……」

クロエはじりじりと後退し、オスカーと距離を取ろうとした。

そうしなければ、この美しい捕縛者の手に落ちてしまうかもしれない。

早く逃げなければいけない。彼の恐ろしい甘言《かんげん》に惑《まど》わされぬうちに……

「どうして逃げるのですか。私が怖いですか？」

心境を見抜かれ、クロエは言葉に詰まる。

オスカーが魅惑の笑みを浮かべながら、クロエが離れた分だけ距離を縮めてきた。

「お願いだから、あの男のもとへは戻らないで。私とともに新天地へ旅立ちましょう。絶対に苦労はさせません」

クロエは首を左右に振りながら、なおもあとずさる。

オスカーの手が伸びてきたが、自分でも驚くほどの勢いでそれを払いのけた。

「クロエ嬢……？」

「あ……も、申し訳……」

オスカーが仄暗《ほのぐら》い炎を宿した目でクロエを凝視する。

背筋に悪寒《おかん》が走り、クロエはとっさに踵《きびす》を返して駆け出した。

（あの方と、これ以上会ってはいけない……！　神々《こうごう》しい美貌に魅入られそうになる……。それに、時折見え隠れする影が恐ろしい！）

オスカーが背後から追いかけてきているような気がする。

クロエは転びそうになりながらも懸命に走った。

いくら全力で走ったとしても、男の足に敵《かな》うわけがない。彼がその気になれば容易に捕まるだろう。

けれど、クロエはひたすら走った。

抗《あらが》いがたい魔性の魅力を持つオスカーから逃れるために……

あともう少しで中庭を抜けようという、そのとき。背の高い男性がクロエの視界に入った。

真っ黒な髪に浅黒い肌、杖を持ったその人は――

「イルヴィス様っ……！」

「クロエ？」

クロエはイルヴィスの逞《たくま》しい胸に飛び込んだ。

彼は一瞬よろめいたが、杖で身体を支え、クロエを受けとめてくれる。

イルヴィスの強い腕に抱かれて安堵したクロエだが、慌ててうしろを振り向いた。

オスカーが追いかけてきたら、仮面舞踏会《マスカレード》のときのようにイルヴィスと言い争いになるかもしれない。

そんな不安にかられて彼の姿を探したが、どこにも見当たらなかった。

面《おもて》を上げると、イルヴィスの黒い目がクロエを気遣うように覗き込んでいる。

だがその目に、憤怒《ふんぬ》の炎が揺らめき立った。

イルヴィスはクロエの細い手首を掴むと、恐ろしい形相《ぎょうそう》で見据えてくる。

「おれは店で待っていろと言ったはずだ。なぜ勝手に移動した？　まさか逃げようとしたのではないだろうな」

声を荒らげて逆上するイルヴィスに、クロエは困惑した。

なぜ、そのような考えになるのだろう。

誤解されたくない。クロエは逃げだそうなどとは、露《つゆ》ほども考えていないのだから。

「ち、違いますっ……。買い物が早く終わったので、時間を持てあましてしまっただけです。ちゃんと、お店の人にお願いいたしました。中庭にいるから、イルヴィス様にそう伝えてほしいと……」

クロエは泣きそうになりながらも懸命に述べた。

もし逃げようとしていたのなら、伝言など残さない。彼もそのことに気が付いたのか、はっとして口を閉ざした。

ところが、クロエの感情はそれでは収まらなかった。イルヴィスに疑念を抱かれたことが、悲しくて悔しくてたまらない。

「わたくしは、イルヴィス様の……妻です……。たとえ、たとえ……」

クロエは激しい情動に突き動かされ、ずっと胸に秘めていたことを言葉にしてしまう。

「お金で買われた妻であろうとも……わたくしはイルヴィス様の正式な妻です。逃げ出すなんてこと、絶対にいたしません！」

クロエの目から止めどなく涙が溢《あふ》れ出す。

イルヴィスの反応が知りたいのに、視界がぼやけて彼の顔が見えなくなる。

怒っているだろうか？　それとも呆れているだろうか？

泣きながらこんな子供っぽい主張をするなんて、淑女《しゅくじょ》じゃないと幻滅されただろうか？

それでもいい。イルヴィスに疑われたくない。

「逆《さか》らうつもりなど毛頭ありません。それに、逃げだそうとしていると勘違いされるのは……し、心外です……！」

生意気な口をきいたと怒られてもいい。彼に勘違いされるのが一番辛い。

「うっ……。うっ……」

イルヴィスは何も言わなかった。

そっと人指し指を伸ばすと、泣きじゃくるクロエの頬を撫《な》でる。

「イルヴィス……さ……ま……？」

「もう泣くな。疑って悪かった」

彼は落ち着いた声で、もう一度「泣くな」と口にした。

その声があまりに優しくて、クロエの涙がゆっくりと引いていく。

イルヴィスはクロエを落ち着かせるように、髪を指で梳《す》いた。

「わ、わたくし……」

気持ちが落ち着くにつれて、感情的になって泣き出してしまったことが恥ずかしくなり、クロエの顔が熱くなる。

イルヴィスは周囲を目だけで窺《うかが》うと、クロエの細い腰をしっかりと抱きしめた。

「逃げようとしていたのではないと言うならば、どうして慌てていたのだ」

なんと言えばいいのだろう。オスカーに会ったことは、口にしてはいけないような気がする。

「……見知らぬ男の人に話しかけられたのです」

「不審者なら、支配人に報告するか」

「いいえ、不審者というわけでは……身なりのよい方でした」

イルヴィスの手が、クロエの華奢《きゃしゃ》な肩に乗せられる。

オスカーのことを知られずに、なんとかこの場を収められないだろうか。

そう考え、クロエは懸命に言い訳を述べた。

「何か訊《き》かれただけかもしれないのですが……。面識のない男性とお話しするのが怖くて逃げてしまったのです。今思えば、大変失礼な真似をしてしまいました。そのうえ不審者扱いしては、申し訳が立ちません。どうか大ごとにはしないでくださいませ」

イルヴィスが目を細め、何かを問いたげな表情をする。

ところが意外なことに、彼はあっさりと引いた。

「いいだろう。クロエがそう言うのなら」

「ありがとうございます、イルヴィス様」

クロエの言葉をどう捉《とら》えたのかはわからないが、彼はおもむろにポケットに手を入れた。

そこから何かを取り出し、クロエの首にかける。胸元に微《かす》かな重みを感じ、クロエは視線を落とした。

「これは……」

貝殻《かいがら》を使った麻紐《あさひも》のネックレス。

クロエが服を購入した店で、気になっていたものだ。

「どうしてこれを、イルヴィス様が……？」

不思議に思って彼を見上げると、イルヴィスは照れたような、決まりの悪そうな顔をして頭をかいた。

「クロエが気に入ったようだったのに、購入しなかったと店員が教えてくれた。だからおれが代わりに買ったまでだ」

重苦しかったクロエの心が、ふわりと羽のように軽くなった。

温かさが胸の中に広がって、彼への想いが溢《あふ》れそうになる。

「イルヴィス様……。ありがとうございます。わたくし、大切にいたします」

「そんなたいしたものじゃない。安物だ」

安物でもなんでもいい。彼がクロエのために、わざわざ購入してくれたということが嬉しい。

「部屋に行くか」

イルヴィスが照れ隠しするように、急に踵《きびす》を返した。

先に歩きだそうとした彼の上着の裾《すそ》を、クロエは慌てて掴む。

「クロエ?」

「あ、あの……」

今なら子供っぽい我儘《わがまま》を口にしても、許されるかもしれない。

「手を……繋いでいただけますか?」

小さい声で尋ねると、イルヴィスは手を差し出してくれた。

「これでいいのか」

嬉しくなったクロエは、彼の手のひらに自分の手を乗せ、そっと指を絡めた。

そのまま手を繋いで、エレベーターに乗り込む。扉が閉まり、ふたりきりの空間になった。

イルヴィスはもういつもの仏頂面《ぶっちょうづら》に戻ってしまったし、クロエも何も言わない。

それでも、指を解《ほど》かれることはなかった。

＊＊＊

ホテルで一夜を過ごし、クロエとイルヴィスは港へ戻るために馬車に乗り込んだ。

イルヴィスの腕にもたれかかってうたた寝をするクロエの髪を、彼は時々優しく撫《な》でてくれる。

船に戻ると、クラウスとベアトリスが待ちかねたようにエントランスホールで迎えてくれた。

「ウェリントンはどうだったかね、我が友イルヴィス」

「まあまあだ」

イルヴィスは素《そ》っ気《け》ない返事をするが、クラウスは気にした様子もなく口髭《くちひげ》を撫《な》でつけて笑っている。

そこでベアトリスが何かを思い出したように、指をパチンと鳴らした。

「そうだわ。頼まれていたものが用意できたのよ」

「そうか。感謝する」

「いいのよ。可愛いクロエちゃんのためですものね」

急に自分の名が出たので、クロエはイルヴィスの顔を窺《うかが》ったが、彼は何も言わない。

クラウスとベアトリスは意味ありげに笑っているし、相変わらず彼らの輪にクロエは入っていけそうになかった。

(そういえば船を降りる前に、頼みごとがどうとか言っていたような……。わたくしに関係あることなのかしら)

そう考えていたら、ベアトリスがクロエの横に立ち、腕を絡めてくる。

同性とはいえ、彼女のふくよかな胸が腕にあたると、それなりに気恥ずかしい。

「わたくしたちは、先にそれを見に行きましょう。あなたとイルヴィスはお酒でも楽しむといいわ」

見る？　イルヴィスが頼んだものとは、一体何なのだろうか。

「よろしく頼む、ベアトリス」

イルヴィスはそう言い、クラウスと一緒にどこかへ行ってしまった。

こうなると、クロエはベアトリスの意向に従うしかない。

彼女に連れられて、医務室の隣にある小部屋へ向かう。

そこには白衣の男性がおり、ベアトリスの猫であるミミを抱いていた。

「見せたかったのはこれよ」

テーブルの上にバスケットが置かれている。これがイルヴィスの頼んでいたものなのだろうか。

ベアトリスが蓋《ふた》を開けると、そこから……

「まあっ……」

小さな可愛い耳がぴょこんと飛び出し、クロエは思わず声を上げた。

グレーの子猫が、毛と同じ色のくりくりした目でクロエをじっと見ている。

「可愛いですわ。でも……どうして……」

「イルヴィスに頼まれたのよ。クロエちゃんが猫を飼いたがっているから、手配できないかとね」

確かにクロエは、猫を飼いたいと口にした。

でも、あのとき彼は興味なさそうな顔をしていて、相づちすら打たなかったのに。

クロエはグレーの子猫に、そっと手を伸ばした。

子猫はにゃうんと小さく鳴くと、クロエの指先をぺろっと舐《な》める。

ざらりとした舌の感触がくすぐったい。愛らしい鳴き声と、じっと見上げてくるつぶらな瞳に、クロエは心を奪われた。

抱き上げて頬ずりをすると、柔らかくて温かくて、ほのかにミルクの匂いがする。

「いいのですか？　この子を……飼っても。確か、この船で動物は……」

「クラウスの知人は特別扱いなのよ。わたくしが猫ちゃんの飼い方を教えてあげるわ」

「ありがとうございます。ベアトリス様」

なめらかな毛がクロエの頬をくすぐり、それだけで心が舞い上がる。

クロエの喜ぶ様子を見て、ベアトリスはにっこり笑った。

「イルヴィスにお礼を言ってね。彼がわたくしたちに頼んだのだから」

「はい。すぐにお礼を言いたいのですが、イルヴィス様はどちらに行かれたのでしょう？　思いあたる場所はございますか？」

「シガーバーじゃないかしら。クラウスと一緒に一服していると思うわ」

ベアトリスが、クロエの手の中でじゃれる子猫を見て微笑む。

「今日はお披露目《ひろめ》だけね。まだ小さいから、しばらくは獣医に面倒をみてもらうといいわ」

その言葉を聞いて、白衣の男性が会釈《えしやく》する。

「ミミのために特別に雇っている獣医なの。彼に任せなさいな」

「ありがとうございます。本当に……」

「いいのよ。でもイルヴィスったら……」

ベアトリスはふふっと笑うと、意味ありげな目でクロエを見る。

「実はね、イルヴィスから猫の手配を頼まれたとき、リストニアに到着してから探したほうがいいんじゃないかと提案したのよ。けれど、どうしても今欲しいと言われたわ。早くクロエちゃんに見せたかったみたい」

（わたくしに子猫を見せたくて、急いで手配したというの……？　でも……）

「イルヴィス様は、わたくしが猫を飼いたいと言ったとき、まったく聞いておられないような素振りでしたわ」

クロエの言葉に、ベアトリスは驚いた顔をした。

「そうなの？　でも、イルヴィスは猫を船に乗せてもいいかとクラウスに尋ねていたし、わたくしにもクロエちゃんの好きそうな猫がどんなものか相談してきたのよ」

クロエが猫のことを口にしたのは、仮面舞踏会《マスカレード》の夜だ。

ほんの二日前のことだから、すぐにクラウスたちに相談してくれたのだろう。

「イルヴィス様……」

クロエはあまりに嬉しくて彼の名をつぶやいた。

出航を知らせる汽笛《きてき》が部屋まで響いてくる。

王都で乗船したときは、沈みゆく夕日をもの悲しい気持ちで眺めていたのに、今は窓から差し込むオレンジ色の光がクロエの心を温かく包んだ。

クロエは子猫を抱きしめ、その温もりを感じながら思う。

自分はイルヴィスに愛されていると。

第六章　イルヴィスの裏切りに泣き濡れて

クロエはイルヴィスのもとへ向かうべく、ベアトリスと一緒にエレベーターに乗り込んだ。

彼女は愛猫のミミを入れたバスケットを抱えて先にエレベーターを降りると、にっこり微笑んで小さく手を振ってくれた。

出会ったばかりの頃は、派手で艶《あで》やかで、堂々としたベアトリスに気後《きおく》れしていた。でも、今は違う。ベアトリスもクラウスも少々癖《くせ》はあるが親切で、とてもいい人たちだと感じている。

クロエは目的の階でエレベーターを降り、ベアトリスから教えてもらったシガーバーへ向かう。

「イルヴィス様を見つけられるかしら」

不安に思いながらシガーバーの扉を開ける。中は重厚で大人な雰囲気だった。薄暗く、白い煙が漂《ただよ》っており、煙草《たばこ》とアルコールの匂いが充満している。

ウェイターに「イルヴィス・サージェントはいるか」と聞いてみたところ、数分前に出ていったと申し訳なさそうに言われた。

もしかしたら、まだ近くにいるかもしれない。

そう思ったクロエは、歓談する男女の横を通り過ぎ、エレベーターのほうへ引き返した。

途中、どこかにイルヴィスがいないかとキョロキョロしていると、ここにいるはずのない人物が前を横切った。クロエは思わず足を止める。

（えっ……）

全身の毛が逆立《さかだ》つような、ぞわりとした感覚が身体中を駆け抜ける。

毛穴という毛穴から汗が噴き出し、背筋を悪寒《おかん》が這《は》い上がった。

クロエを一瞬で恐怖に陥《おとし》れたその人物は……

（ジョ……ジョシュア……？）

クロエの両親にお金を貸し付け、屋敷を奪った挙《あ》げ句《く》、クロエをオークションに出品した商人だ。

腹の出た小太り体型で、薄汚れた服装をし、今日も酔《よ》っているのか赤ら顔をしていた。

彼がいやらしい目でクロエを品定めし、舌なめずりをしていた姿を思い出す。

見間違いだろうか。そうであってほしいが……

ジョシュアらしき男が、突き出た腹を持てあましながら奥の通路へよたよたと入っていく。そのうしろ姿を、クロエは慄然《りつぜん》としながら眺めた。

彼が角を曲がった瞬間、クロエは小走りでそちらに近付く。そして、彼の向かった先をそろそろと覗き込む。

けれど曲がり角の先は行き止まりで、そこには誰もいなかった。

（え……？　どこへ行ったというの）

彼の消えた通路へ、恐る恐る足を踏み入れる。そのまま進んでいくと、行き止まりだと思ったところに扉があった。

（ここから……？）

クロエはなるべく音をたてないように、重いドアをそっと押し開いた。

ひやりとした空気が頬に当たる。非常用の扉らしいそれは外に通じていて、階段が下に延びていた。

どうしてあの男が、こんな階段を使うのだろう。

そもそもこの階段は、従業員用ではないだろうか。

（彼はこの船で働いているの？　そんなふうには見えなかったけど……。こんな階段を使うなんて、まるで人目をはばかっているみたいだし……一体どういうこと？）

男の足音が階下から反響してきたので、クロエはそろそろと階段を下りた。

だがヒールのある靴では、どんなに気を付けても足音が響いてしまう。クロエは途中でパンプスを脱いだ。

男は、ひとつ下のフロアに通じる扉を開け、船内に戻っていった。

扉が閉まったことを確認してから、クロエはそちらに近付く。扉を開けると、そこはさまざまなショップが並ぶフロアだった。

男はそれらの前を素通りしていく。そのあとを追ってみたところ、彼は人気《ひとけ》の少ないアートギャラリーで足を止めた。

「旦那、お久しぶりですな」

どうやら男は、誰かと待ち合わせしていたようだ。

クロエは柱の陰に隠れて様子を窺《うかが》う。相手の顔を確認することはできないが、その人物は挨拶《あいさつ》もせずに口を開いた。

「例の商売はどうした。やめたのか」

「まさか。私の主人が、河岸《かし》を変えると突然言い出しましてね」

「警察に目をつけられたのか」

「旦那に隠し事はできませんな。そのとおりです。お恥ずかしいことに、陸のルートはすべて断たれてしまいましてねえ。この豪華客船ならば警察の目を眩《くら》ますことができるだろうと主人に連れてきてもらったのですが、私のような貧乏人にとっては夢みたいな日々を過ごさせてもらっていますよ」

「船の持ち主からしたら、迷惑なことだな」

「迷惑なんかかけませんよ。こちらとしても、騒ぎなど起こしたくありません。豪華客船は確かに安全ですが、逆を言えば逃げ場がないですからな」

「だが風体《ふうてい》が馴染《なじ》んでいない。目立っているぞ」

「相変わらず旦那は歯に衣着《きぬき》せぬ物言いをする方ですなあ」

聞こえてくる声は、記憶にあるジョシュアのもので間違いない。

だがクロエは、それよりも恐ろしいことに気が付いてしまう。

ジョシュアと会話をしている相手……その低い声には、もっと聞き覚えがあった。

――イルヴィス様が、どうしてジョシュアと……？

「どうですか？　お買い上げいただいた伯爵令嬢は。今は旅行がてら、好みの色に染め上げている最中といったところですか。いいですなあ、男の憧れですよ」

ジョシュアが媚《こ》びるように言うが、イルヴィスは返答せず、鬱陶《うっとう》しそうに話を切り替える。

「なんの用だ。わざわざ私を呼び出した理由をさっさと言え」

ジョシュアはへこへこと頭を何度も下げると、相手の出方を窺《うかが》うようにゆっくりと告げた。

「実はですねえ。私の主人から、伯爵令嬢を返していただけないか交渉するよう命じられまして」

「どういう意味だ」

「いやぁ、主人に顔見せする前にオークションで売ってしまったことを、烈火《れっか》の如《ごと》くお怒りでして……。それはもう、寿命が縮む思いでしたよ。あの地域での最後のオークションでしたので、売り残しがないよう急いだのが裏目に出てしまったようです」

イルヴィスは何も言わなかった。ジョシュアは言葉を続ける。

「私の主人はですね。商品に手をつけることはあっても執着することはなかったのですが、どうも今回ばかりは事情が違うようでして。伯爵令嬢をどうしても自分の愛人にしたいと、寝ても覚めてもそればかりおっしゃるんですよ」

「くだらんな」

「そうおっしゃいますな。旦那がオークションで払った金額の、倍は出すと言っています。本来、買い戻しなんてあってはならないことではございますが、今回ばかりはどうしても……」

「残念だが、これまでにかかった諸経費を含めたら倍ではきかん」

「そ、そうでございますか……倍ではききませんか……。増額できないか主人にかけあってみますが、旦那は具体的にいくらくらいをご希望で？」

「貴様の主人とやらに言っておけ」

イルヴィスは冷たくそう言い捨てると、ひと際《きわ》低い声ですごんだ。

「くだらんことで絡んでくるな、とな」

「待ってくださいよ！　旦那」

取り付く島もなく立ち去ろうとするイルヴィスに、ジョシュアは慌てて追いすがる。

「私、知っているんですよ。旦那は実のところ、あの伯爵令嬢を恨んでいるのでしょう？」

イルヴィスの足が止まる。ジョシュアは、これ以上ないほど醜悪《しゅうあく》な声で続けた。

「あの伯爵令嬢を見初《みそ》めた旦那は、彼女の両親が借金を抱えていることを知り、莫大な額の融資をした上で、伯爵令嬢に似合いそうな宝石や服飾品など高価なものをプレゼントした」

イルヴィスが無言でいるのをいいことに、ジョシュアは意気揚々《いきようよう》と話す。

「伯爵令嬢の両親はありがたく受け取って、旦那に気を持たせた。それどころか、伯爵令嬢が物足りないと言っていると伝えて、旦那にさらに贈り物をさせ続けた。にもかかわらず……」

イルヴィスが立ち止まったままなので、してやったりと思ったのか、ジョシュアはますます饒舌《じょうぜつ》になっていく。

「肝心の伯爵令嬢は、パーティで旦那を見てもなんの反応も示さなかった。存在すら無視された旦那の気持ちは、察するにあまりありますよ。さぞ悔しかったでしょうなあ。旦那の貢《みつ》いだエメラルドや真珠《しんじゅ》で飾りたて、社交界で人気の男と寄り添う伯爵令嬢を見て、旦那は復讐を決意されたのでしょう」

「よく調べたな」

「そりゃあ、まあ……。旦那がこちらの予想をはるかに上まわる金額で落札されましたんでね。あの令嬢との間にどのような因縁があるのかと、すぐに裏を取りました。もちろん、伯爵家の内情はある程度知っておりましたしね」

「暇なことだ。よく調べたようだが、ひとつだけ違っているぞ。見初《みそ》めたわけではない。彼女のことは昔から知っていた」

それを聞いたジョシュアが、ひひ……と俗悪な笑いを零《こぼ》す。

「成長するのを待っていたということですか！　美しい女というのは残酷な生き物ですな。貢《みつ》がせるだけ貢《みつ》がせておいて、旦那のプロポーズを断ったのでしょう？　もっといい条件の縁談が来ているとか言って……。あの両親は、ちょっと単純すぎますなあ。すぐに引っかかるから見ていて面白かったですよ」

ジョシュアが最後に加えた一言を聞いて、イルヴィスの声が一層低くなる。

「すぐに引っかかるとは、どういうことだ。彼女の両親を騙《だま》したのか？　まさか、もう一件の縁談というのは……」

「い……いえいえ、ただの想像であって、深い意味はありませんよ」

イルヴィスとジョシュアの雰囲気がさらに険悪になるが、クロエはまったく別のことで頭がいっぱいだった。

イルヴィスは、クロエのことを昔から知っていた？　一体いつからだろう……

けれど思い出す暇もなく、ジョシュアが彼に話しかける。

「主人には何がなんでも伯爵令嬢を買い戻してこいと命じられていますんでね。もし旦那が復讐のために伯爵令嬢を落札したというんでしたら、もう身も心も充分に痛めつけたでしょう。恨みなら、すでに晴らせているのでは？」

ジョシュアが、さらに醜悪《しゅうあく》な声を出す。

「楽しい復讐劇もそろそろ終幕でいいでしょう。具体的な金額は主人に聞いてみますが、金さえ手に入るなら、損のない話じゃないですか」

「お前たちが損をするだろう。そっちは俺が出した以上の大金を払うことになるではないか」

「いえいえ。主人は女性と長続きしないお方でねえ。伯爵令嬢に飽きたら、また売ってしまえばいいわけでして……。いやいや、これは失言でした。聞かなかったことにしてください」

それを聞いたイルヴィスは声を上げて笑った。

「面白いことを言う。お互いに損はないか。確かにそうだな」

「でしょう？　じゃあ旦那、この話をまとめてもいいですね？　麗《うるわ》しき伯爵令嬢クロエを、私の主人に売ってくださると……」

そこまで聞いたクロエは一歩、また一歩と、よろめきながら退《しりぞ》いた。

そしてさっと踵《きびす》を返し、一目散《いちもくさん》に駆け出す。

靴を持ったまま裸足《はだし》で走るクロエを、周囲の人々は訝《いぶか》しむような表情で見ていた。

だが、ジョシュア相手にイルヴィスが語っていたことが衝撃的すぎて、そんなことはどうでもよくなっている。

(イルヴィス様が……わたくしを売ると……。そんな……そんなことって……)

自分の心に渦巻《うずま》くさまざまな感情を消化しきれなくて、どうしていいのか分からない。

クロエは歩いてきた道のりを、ひたすら逆走した。

だが、人気《ひとけ》のない外階段を駆け上がっている途中で足を踏み外し、派手に倒れ込んでしまう。

膝をしたたかに打ち付け、痛みに耐えきれずその場にうずくまる。

(でも……でも、一番悲しいのは……)

周囲に人がいないこともあり、思っていることが口に出てしまう。

「お父様とお母様は……イルヴィス様から贈り物を受け取っていたのに……わたくしには何も教えてくださらなかった。どうして……どうしてなの……」

エメラルドのジュエリーやバースデーパーティのドレスも、イルヴィスから贈られたものだったのだろうか。

それだけではない。思い返せば、絵画や調度品、そして食事までもが、ある日を境《さかい》に急に豪華になったのだ。

「あれらすべてが……？　そんな……」

クロエは、両親が常々話していたことを思い出す。

購入した高価な品々は、クロエが公爵家へ嫁《とつ》ぐ際、輿入《こしい》れの道具にするのだと。

「プロポーズしてくださった公爵様が援助してくれているのだと思っていたわ。でも……わたくしがそれについて尋ねたとき、お父様の答えは歯切れが悪かった……」

プロポーズは二件あり、片方は断ったと聞いている。もしかして断ったほうがイルヴィスだったのだろうか。

父が言葉を濁《にご》したときに、追及すべきだった。どうして曖昧《あいまい》なままにしてしまったのか。

「お金も宝石ももらっておいて……プロポーズは断ったというの？　わたくしはそれを知らず、彼と初めて会ったとき、お礼のひとつも言わなかった……」

イルヴィスはクロエのことを、金遣いが荒く、男を取っかえひっかえする悪女だと誤解しているようだった。

そう思われても仕方がない。現に、もらう物だけもらって知らんぷりを決め込んでいたのだから。

欠けていたパズルのピースが次々とはまる。

「わたくしは……わたくしは、イルヴィス様に恨まれて当然のことをしてしまった……！」

クロエは何も知らなかった。しかし、知らなかったですますには、あまりに罪深い。

それなのに、イルヴィスは優しくしてくれた。彼にとっては憎いだろう両親と弟も探してくれているし、彼らが生活するお金も用意すると言ってくれた。

あれは嘘ではないと思う。イルヴィスは、そんな不実な真似はしない。

「不実な真似をしたのは……わたくしと……お父様とお母様だわ……」

クロエは罪の意識を感じると同時に、自分の気持ちをはっきり自覚していた。

――イルヴィスを愛している。

彼の一言一句、一挙手一投足《いっきょしゅいっとうそく》に心が左右されるほど、彼のことが好きでたまらない。

だが、イルヴィスはクロエを恨んでいる。闇オークションの主催者にクロエを売り渡してしまえるほどに。

そう考えただけで、心臓がぎゅっと締め付けられたように痛む。

どこかに逃げてしまいたい。

すべてを忘れて、すべてを捨てて。

だが、両親とアミールのことだけが気がかりだ。このままクロエが逃げ出せば、彼らの行方は一生、分からないままだろう。

逃げたいけれど、逃げられない。

思考が堂々巡りして、どんどんぼやけていく。

そんなとき、オスカーの言葉が脳裏《のうり》をよぎった。

『私では力になれませんか？　私は大抵のことなら解決できる力を持っています。何か困りごとがあればすぐに私を頼ってください。私の部屋は船の最上階にあります。あなたが来てくだされば、私はすぐに扉を開きますよ。覚えていてください。何かあればすぐに私のもとへ来ると……』

クロエはよろよろと立ち上がると、頬を伝う涙を手の甲で拭《ぬぐ》った。

階段を上がって、案内所へ行く。涙で顔がぐしゃぐしゃになったクロエを、受付嬢が心配そうな顔で見つめてきた。けれど、クロエは構わず受付嬢に問う。

「……最上階のお部屋へは、どう行けばいいのでしょうか」

＊　＊　＊

クロエはオスカーの部屋の前に立ち、深呼吸をする。

この選択が正しいのかどうか分からない。でも、他に道が思い浮かばない。

意を決して、重厚なドアをノックした。

すると、すぐにドアが開かれる。

「おお、クロエ嬢。あなたが私の部屋を訪ねてくださるなんて、これは奇跡でしょうか。あなたに恋い焦《こ》がれる私の心が、神に通じたのかもしれない」

「オスカー様……」

「どうされました？　顔が真っ青ですよ」

クロエは目を伏せると、言い訳するように口ごもる。

「あ、あの……ご相談したいことがありまして……。どうしていいのか、わたくしにはもう分からないのです。他に頼れる方がいなくて……不躾《ぶしつけ》なのは承知でお願いにあがりました」

クロエは、クラウスとベアトリスに相談することも考えた。

だが何をどう相談していいのかわからなくなり、結局諦《あきら》めたのだ。

彼らは親切だし、クロエが実はイルヴィスに恨まれていて、人身売買オークションの連中に買い戻されそうになっていると言えば、助けてくれるかもしれない。

だが最終的に、彼らはイルヴィスの味方をするだろう。

それは仕方ないことのように思えた。悪いのは、クロエとクロエの両親なのだから。

俯《うつむ》くクロエに、オスカーが心配そうに問いかけてくる。

「お困りごとですか？　安心してください。私に話していただければ、たいていのことは難なく解決してみせますよ」

「ありがとうございます」

クロエが弱々しく微笑むと、オスカーは労《いたわ》るような優しい笑みを見せた。

「どうぞお入りください。あなたはまず心を落ちつかせなければなりません。ひどい顔色ですよ。この世の地獄でも見ましたか？」

地獄のほうがまだましだ。苦しむのは自分ひとりなのだから。

クロエはイルヴィスを苦しめている。被害者のような顔をして、実は自分が加害者だったとは、なんという茶番だろう。でも、もうそんなくだらない芝居《しばい》には幕を引く。

オスカーが、その美貌を最大限に活《い》かすように微笑んだ。

「なんでも相談してください。私の持てる力をすべて使ってお助けしましょう」

クロエが部屋に足を踏み入れると、彼は扉を閉めた。

オスカーに促《うなが》され、リビングのソファに腰掛ける。失礼だと思いつつ、クロエは広い部屋の中を見まわした。

(他には誰もいらっしゃらないようだけど……。おひとりで船旅を？)

美男と部屋にふたりきりでいることを意識してしまい、緊張で身体が強《こわ》ばった。

オスカーは果実酒の瓶《びん》を取り出すと、グラスとともに目の前のテーブルに置く。

「いかがですか。年代物ですよ」

「いいえ。わたくし、お酒をいただきに来たわけでは……」

「少しくらいならいいでしょう。辛いことがあったときは、酒の力を借りることも大事ですよ」

オスカーの物腰は柔らかく、話し方も温和だ。

しかし、どこか独善的で物事を自分の思いどおりに運んでいく。

人に命令する立場に慣れているのかもしれない。

言葉も巧みで相手を煙《けむ》に巻くようなところがあるから、油断したらすぐに彼のペースに巻き込まれてしまう。

オスカーはグラスにお酒を注《つ》ぎ、クロエの前に差し出した。

優雅な仕草でグラスを持つと、にっこり微笑んでそれを掲《かか》げる。

「我が心の姫君、絶世の美女クロエ嬢に乾杯」

大仰《おおぎょう》な言いまわしと、過剰なまでの賛辞。クロエは彼の言動にどうしても惑《まど》わされそうになる。

「どうしたのです？　お酒は苦手ですか」

「あ……いえ」

促《うなが》されて、クロエはグラスにそろそろと手を伸ばす。

するとオスカーは目を細め、満足そうな表情をした。

クロエはグラスをそっと掲《かか》げ、彼のグラスに軽くあてる。

それから果実酒をひと口含むと、芳醇《ほうじゅん》なぶどうの香りが鼻に抜けた。

果実酒を舌の上で転がしてから、喉の奥へ流し込む。

一方、オスカーはグラスの中身を一気に飲み干すと、すぐ二杯めを注《つ》いだ。

「それで、一体何があったというのですか。私に相談したいこととは？」

目映《まばゆ》いばかりの金髪を揺らし、オスカーが心配そうな面持《おもも》ちでクロエに問いかける。

クロエはグラスをテーブルに戻すと、両手をぐっと組み合わせて俯《うつむ》いた。

何をどう話せばいいのだろう。

そもそも、彼を巻き込んでいいのだろうか。

（もしかしたら迷惑をかけてしまうかもしれない……）

クロエの逡巡《しゅんじゅん》を感じ取ったのか、オスカーがわざとらしいくらい親身な様子で言う。

「クロエ嬢、私は以前あなたに言ったはずです。何かあれば、私を頼ってほしいと。今がそのときなのですよ。さあ、あなたの憂《うれ》いをここですべて吐き出してください」

「オスカー様……」

「大丈夫です。あなたの悩みを受け入れる器《うつわ》くらい、持っていますよ」

「わたくし……」

オスカーの言葉に勇気付けられ、クロエはこれまでの出来事をぽつぽつと話し始めた。

「なるほど……。闇公爵と言われるほど悪辣《あくらつ》な男が、あなたのような善良で美しい人を妻にしているのがどうにも不思議でしたが、人身売買オークションで強引に競《せ》り落としていたとは」

クロエは、深く頷《うなず》いた。

「それでもわたくしは夫に従うつもりでした。たとえ愛してくださらなくても、精一杯お仕えするつもりだったのです」

「健気《けなげ》なことだ。それなのに、あの男は人買いのジョシュアとやらに、あなたを売ってしまうつもりなのですね。許せないな、あまりにも非道な行《おこな》いだ」

「ええ……。人を売買するなんて……」

クロエは、人を物のように売買する行為が非道なことだと言いたかったのに、オスカーの考えは少々違っていた。

「あなたのような素晴らしい人を大事にするどころか、復讐を企《くわだ》てるなど、あの男は分かっていないな。恨むなら、愚かな両親だけにすればよかったのに」

「え……」

今、彼は「愚かな両親」と言わなかっただろうか。

クロエが困惑の眼差しを向けると、オスカーは苦笑した。

「ああ、失礼しました。あなたの両親のことを悪く言うつもりはないのです。話を続けてください」

「あ、はい……」

クロエは心に引っかかりを覚えながらも、ひととおり説明を終えた。そして、必死の思いで彼に頼んでみる。

「オスカー様、わたくしを、どこか遠くへ連れていっていただけませんか」

イルヴィスを傷付けてしまったことを知り、クロエの心は自責の念でいっぱいだった。

復讐されても仕方がない。クロエと両親は、それだけのことをしたのだ。

もしイルヴィスが人生をかけて償《つぐな》えと言うのなら、彼に一生を捧げてもいい。

だがイルヴィスは、クロエをジョシュアに売ると決断した。

おそらく彼は、クロエを手放した時点で、両親やアミールの捜索をやめてしまうだろう。

そう考えたクロエは、オスカーを頼るべく彼の部屋を訪れたのだ。

「遠くであれば、どこでもいいのですか？」

「はい……」

クロエが小さく頷《うなず》くと、オスカーは笑顔で快諾《かいだく》する。

「おやすいご用です、クロエ嬢。私があなたに安寧《あんねい》の場所を与えましょう」

「ありがとうございます。あの……それと、両親と弟を探したいのですが……」

「行方知れずになっているご家族ですね。どうやって探しましょうか……やはり人を雇わないと無理でしょう」

お金がまったくないクロエは、それを聞いて自分の無力さをひしひしと感じ、途方に暮れる。

「大丈夫です。私は紳士ですよ？　あなたに金など出させません」

「でも、それでは……」

「今躊躇《ちゅうちょ》していると、取り返しのつかないことになりますよ。どうしても気が咎《とが》めるなら、おいおい返済してくだされればいいのです」

「よろしいのですか？」

「もちろんです」

「ああ……！　ありがとうございます、オスカー様……！」

両手を組んで頭を下げ、祈るように礼を言うクロエに、オスカーが嬉しそうな顔をした。

「それは、私のプロポーズを受けてくれたという意味でよいですね」

そう言われ、クロエは弾《はじ》かれたように顔を上げる。

オスカーはクロエをじっと見据えていた。

明るい栗色の瞳に、情欲の炎が揺らいでいる。

クロエは大きく首を横に振り、慌ててソファから立ち上がった。

「お待ちくださいませ、オスカー様……。わたくし、そのようなことは望んでおりません。どこか遠くへ行くことができて、両親を探せるだけのお金があればいいのです。それに……」

自分の思いを上手く説明できているのかどうか不安で、手のひらをぎゅっと握る。

「オスカー様と結婚はできません。たとえイルヴィス様のもとから逃げ出したとしても、離婚して

いなければ重婚になりますわ」

不思議なことに、オスカーからプロポーズされても嬉しくない。

眉目秀麗《びもくしゅうれい》で立ち居振る舞いも優雅。人の上に立つ才覚があり、お金にも心にも余裕がある。そのような立派な男性なのに、どうしても言葉が心に響かない。彼と結婚するなど考えられなかった。

クロエに拒絶されて、オスカーは信じられないと小さくつぶやく。

「私と結婚するつもりはないのに、頼みごとだけしようというのですか」

そう指摘されて、クロエは己の甘さを恥じた。

見返りとして何かを求められることなど、容易に推測できたはずだ。それなのにクロエは、イルヴィスに裏切られたショックで、自分に都合のいいことばかり考えてしまった。

クロエが無言で俯《うつむ》くと、オスカーは呆れたように肩を竦《すく》めてやれやれと両手を広げた。

「残酷な方だ。助けを求めておきながら、報いる気もなければ私を受け入れる気もないなんて」

「わたくしは、ただ……」

彼の責め立てるような口調と荒々しい目つきが怖くなり、クロエは顔を背《そむ》ける。

「どこか遠くに行く手助けと、少しばかりのお金が欲しいだけなのです。お金は一生かかってもお返ししますし、働く場所だって見つけますから、どうか……」

「あなたは世間知らずだ。働く？　無理でしょう。お嬢様育ちのあなたでは、一日だって続きませんよ。それとも……」

オスカーはゆっくりと立ち上がり、クロエのうしろにまわった。そして華奢《きゃしゃ》な肩に、そっと手を乗せる。

「身体を売りますか？　娼婦としてなら稼ぐことができるでしょう。それも、かなりの金額をね」

「オスカー様！　わたくし、そのようなことは……」

突飛《とっぴ》な提案に驚いて振り向くと、秀麗《しゅうれい》な顔がすぐ近くにあり、言葉を失ってしまう。

「では、あなたは何をして金を得るというのです？　ウェイトレスでもしますか？　愛想笑いをして、酒臭い荒くれ男どもの相手をして、ときどき尻を触らせてチップをもらう。それともお針子でもしますか？　あなたは何を縫《ぬ》うことができるのです？　それが無理なら、他に特技はありますか？　なんの技量も持たない小娘を、雇ってくれる場所があるとでも？」

「あ……」

質問責めしてくるオスカーは、嘲笑《あざわら》うように顔を歪《ゆが》めていた。

考えなしに、返すあてもない金を借りようとしたクロエを糾弾《きゅうだん》しているようだ。

いつもの太陽のような笑みはなりを潜《ひそ》め、温室育ちのクロエをこれでもかと責めてくる。

「働くなどと、できもしないことを軽々しく口にするとは、あなたも……」

オスカーは嘲《あざけ》るように鼻でふっと笑うと、揺れる栗色の髪をかき上げた。

「ご両親と同じような……いや、それ以上の愚か者ですね」

彼の暴言に対して、クロエは何も言葉を返せない。

クロエが黙って縮こまっていると、彼が一転して優しい声音でささやく。

「いい考えがありますよ」

オスカーはクロエの耳元に唇を寄せた。

「あなたはひとりで生きていけない。あの男から逃げ出すことができたとしても、この美しい身体を売らなければ、結局どこかでのたれ死んでしまうでしょう。それなら、最初から私に売ればいい。私はあなたを高く買いますよ」

「オスカー様……。売るなんて、そんな言い方……」

「まだそんなことを言っているのですか」

オスカーの唇がクロエの金髪をかき分け、耳朶《じだ》に触れようと近付く。

「私に愛《め》でられるのが、あなたにとって最良の策なのです」

「あ……」

突然、うしろから抱きしめられる。軽い抱擁《ほうよう》なのに、クロエの肌がぞわりと粟立《あわだ》った。

「どうし……て……。きゃっ……」

オスカーはクロエの顎《あご》を掴むと、強引に自分のほうへ向かせる。

「いいですね。目は潤《うる》み、頬は薔薇《ばら》色に上気し、口は物欲しそうに半開きになっている。なんて扇情的《せんじょうてき》な姿だ」

「オ……オスカー様……」

どうして、身体が燃えるように熱いのだろう。

イルヴィス以外の男性に触れられているのに、なぜか拒否できない。

背筋に悪寒《おかん》が走ると同時に、身体の中心がむず痒《がゆ》く、ぞわぞわと謎の欲求を訴えてくる。

「効いてきたみたいですね」

「な、何……が……」

「媚薬《びやく》ですよ。先ほどのお酒に仕込ませていただきました」

「び、媚薬《びやく》……？　なんの、ために……」

クロエは震える唇で問いかける。全身どこもかしこも力が入らなくて、上手くしゃべることができない。

「あなたを、今すぐ私のものにするためにです」

彼は、ふらつくクロエを横向きにして抱え上げた。

ソファに横たわらせると、そのままのしかかってくる。

筋肉質な胸に視界を遮《さえぎ》られ、クロエはおののいた。

「オスカー様……」

クロエは必死で胸を押して抵抗するが、彼はまったく動じない。

それどころかクロエの下半身に足を絡め、昂《たか》ぶったものを押し付けてきた。

「恋い焦《こ》がれて死にそうだった。朝も夜も、寝ても覚めても、あなたのことばかり考えてしまうんです。従者にも呆れられる始末ですよ」

大袈裟《おおげさ》すぎる。寝ても覚めてもなんて……

だがどこかで聞いた言葉だと気付き、クロエの全身がびくりと震える。

『伯爵令嬢をどうしても自分の愛人にしたいと、寝ても覚めてもそればかりおっしゃるんですよ』

「もしかして……従者とはジョシュアのことでは……。あなたは、あの男の主人で……人身売買オークションの……」

真っ青な顔で問うクロエに、オスカーが不敵な笑みを見せる。

「察しがいいですね。そうです。私がジョシュアの雇い主ですよ。闇オークションの主催者でもありますね」

「そ……そんな……」

「意外でしたか？」

「だってオスカー様は……いつでも紳士的で……高貴な雰囲気で……」

とても悪行に手を染めるような人物には見えなかったのに。

そんなクロエの鈍さを嘲笑《あざわら》うように、オスカーが美貌を歪《ゆが》める。

それだけで、彼の全身から一気に醜悪《しゅうあく》なオーラが立ち上った。

「あなたは本当に愚かな女性だ。人を表面でしか判断しない。物腰が柔らかく親切な男は、皆善良だとでも思っていたのでしょうか。まあ、私はあなたを手にするため、徹底して紳士を演じましたがね。しかし……もっと簡単に堕《お》ちると思っていました」

オスカーが口角を吊り上げて、忌々《いまいま》しそうな表情をする。

「あのイルヴィスとかいう成り上がりの公爵が邪魔をしなければ、もっと早くあなたを私の物にできたのに」

「あ、あなたが、わたくしをイルヴィス様から買い戻そうと……？」

「そうですよ、愛《いと》しの薔薇《ばら》姫。いえ、翠玉《すいぎょく》と真珠《しんじゅ》のクロエでしたね。煌《きら》めくエメラルドの目と、透《す》き通るような白い肌をしたあなたに、これ以上ないくらいぴったりな通り名だ。ジョシュアの奴、こんな二度と出てこないような掘り出し物を勝手にオークションにかけるなんて。したたかに鞭《むち》でぶってやりましたよ。ああ……そんなに怯《おび》えた顔をしないで。安心してください。私は女性に鞭《むち》など振るいませんよ」

驚愕《きょうがく》のあまり言葉もなく、ただ身体の熱を持てあますクロエに、オスカーは優しい声で言う。

「結婚が嫌だというのなら、愛人として囲ってあげます。私は貴族でもなければ紳士でもありませんし、あなたの母国では誘拐と人身売買の罪で指名手配されていますが、金は充分にある。新天地であなたと何不自由なく暮らしていけるだけの財産はありますよ」

丁寧な言葉使いが逆に恐ろしい。

「どんなふうに抱かれたいですか？　壊れ物を扱うように優しく？　それとも獣が肉を貪《むさぼ》るように荒々しく？　あなたの好みに合わせましょう」

どちらも遠慮したい。オスカーに触れられるのは、とてつもなく嫌だ。

今すぐにでもここから逃げ出したいが、媚薬《びやく》のせいで満足に身体を動かせない。顔を歪《ゆが》ませるクロエに、オスカーは面白そうに問いかける。

「だんまりですか？　ならば、私の好きなように抱かせてもらいます」

オスカーはドレスの脇についたボタンをすべて外すと、乱暴に破いてはだけさせた。彼の手が、クロエの身体の上を這《は》いまわる。

彼の行動を妨げようと、クロエは懸命に身を捩《よじ》った。

「いいですよ。ただ寝っ転がっているだけの人形を抱くのは味気ないですから、好きなだけ抵抗してください。気高い薔薇《ばら》を手折《たお》るのも、また一興」

オスカーはクロエの両手首を掴むと、屈強な力で頭の横に押さえ付けた。

恐怖で思わず顔をそらしそうになったが、クロエは負けじとオスカーを睨《にら》み付ける。だが、彼のほうは――

(笑っている……)

オスカーの表情は、暴力で人を屈服させることが、楽しいと言わんばかりだ。

彼の思考が理解できず、背筋が凍った。そんなクロエに、享楽的な声が降ってくる。

「媚薬《びやく》を飲んだあなたは、性の快楽に逆《さか》らえない。最後には、私の雄が欲しいと可愛らしい唇で何度もおねだりし、淫《みだ》らな娼婦みたいに腰を振るでしょう。今のうちに好きなだけお高くとまっていなさい」

そんな姿を悪人に晒《さら》すなど、耐えられない。

もういっそ、ここで舌を噛んでしまおうか。

そう考えたとき、オスカーの力が緩《ゆる》んだ。

彼はおや？　という表情で、クロエの胸元を見ている。

「安物のネックレスだ。こんなもの、あなたに相応《ふさわ》しくない。私がエメラルドと真珠《しんじゅ》をあしらったジュエリーをプレゼントしよう」

そう言って、オスカーは貝殻《かいがら》のネックレスに手をかけた。

「い、いや……これだけは……」

クロエの心が絶望に塗りつぶされそうになった、そのとき——

ドンッ、ドンッと、激しく扉が叩かれる音がした。

「クロエ！　そこにいるのか！」

部屋の外から聞こえてきた声は、まぎれもなくイルヴィスのものだった。

クロエはすぐさま「ここにいます」と叫ぼうとしたが、大きな手のひらに口を塞《ふさ》がれる。

オスカーは舌打ちすると、険《けわ》しい目で扉を睨《にら》み付けた。

「どうやってここを嗅《か》ぎつけた」

クロエも同じ疑問を抱いた。ここには誰にも言わずに来たはずだ。

どうしてイルヴィスはクロエがここにいると分かったのだろう。

「クロエ、あなたが誰かに言ったのか？　いや、まさかね。逃げ出したい人間が行き先を告げるなんて不自然だ。くそっ」

オスカーは拳《こぶし》を忌々《いまいま》しそうにバンッと叩き付けた。

顔のすぐ横を叩かれたので、驚いてクロエの喉からひゅっと息が漏れる。

「あの男……。あなどれんな」

オスカーが悔しげにつぶやいた。扉はなおもドンドンと勢いよく叩かれている。

「クロエ！　返事をしろ！」

（助けて……イルヴィス様。わたくしはここに……）

クロエが懸命に視線を扉に向けて念じていると、オスカーはからかうように言った。

「おやおや。あなたは、あの男から逃げるつもりだったのでしょう？　それなのに、助けを求める気ですか？　おかしなことだ」

彼の言葉はもっともだけれど、クロエはイルヴィスが来てくれたことに喜びを感じていた。

だが、このまま返事ができなければ、イルヴィスは諦《あきら》めてどこかへ行ってしまうかもしれない。

案の定、しばらくするとドアを叩く音がやんでしまった。

「どうやら諦《あきら》めたようだな」

（イルヴィス様……。お願いです。戻ってきて……）

「残念でしたね、助けてもらえなくて。さて、邪魔が入ったが、続きをするとしよう」

再びオスカーが貝殻《かいがら》のネックレスを掴み、凶悪な目つきでそれを引っ張ろうとする。

その瞬間、バァンと激しい音をたてて扉が開いた。

「なっ……」

錠前や蝶番《ちょうつがい》が外れて、あちこちに飛び散った。誰かが力業《ちからわざ》で扉を開けたのだ。

オスカーが慌てた様子で面《おもて》を上げ、何事かと振り向く。

そこには、イルヴィスが恐ろしい形相《ぎょうそう》で立っていた。

「貴様！　クロエの上からどけっ！」

イルヴィスの背後には、目を丸くしたクラウスとベアトリスもいる。

それだけでなく、泣きそうな顔をしたアメリーや船長《キャプテン》、従業員など大勢の人たちがいて、クロエは驚いた。

オスカーも驚いたようで、唖然《あぜん》とした表情をしている。

「ジョシュアの奴……。交渉に失敗したのか」

彼がそうつぶやくと同時に、そのジョシュアが数名の男性に拘束され、引きずられるようにして連れてこられた。

乱暴に突き飛ばされ、オスカーの前に転がると、情けない声で謝罪する。

「も、申し訳ございません……。捕まってしまいました」

「私の正体を暴露したのか、愚か者が」

冷ややかに言い放つオスカーに、ジョシュアは泣きながら訴える。

「違います！　神に誓って、あなたさまを裏切るような真似は……ぎゃっ！」

カエルが踏みつぶされたような声を上げ、ジョシュアが頭から床に倒れ込む。イルヴィスが、ジョシュアの背を杖で勢いよく突いたのだ。

「そうだ。こいつは何もしゃべらなかった」

イルヴィスはオスカーの前に進み出て言う。

「こいつを油断させて捕らえ、黒幕を聞き出そうとしていた。その最中に、クロエが悲愴な顔で最上階の部屋への行き方を訊《き》いてきたと、案内所からクラウスに連絡が入ってな。すぐおれに伝えられた」

イルヴィスが杖を振り上げ、気を失っているジョシュアの背を何度も突く。

「そのとき、この悪党が動揺したから、もしやと思いすぐさまここに飛んできた。貴様はクロエにたびたび接触していたな。この男の主人……闇オークションの主催者だろう。それだけじゃない。お前は詐欺《さぎ》や誘拐も行《おこな》う犯罪者集団の首領だ。大事な友人であるクラウスの船で、貴様みたいな悪党をのさばらせてなるものか」

それを聞いたクラウスは複雑な面持《おもも》ちで口髭《くちひげ》を撫《な》でると、壊された扉を見つめた。

「扉を壊すとは、とんだ馬鹿力だな、イルヴィスよ……。もう少し待ってくれたら、スペアキーが届いたものを……」

「それでは間に合わん。危うくクロエが汚《けが》されるところだった。……おいっ貴様！　とっととクロエの上からどけ！」

今のオスカーは多勢に無勢。唯一の味方であるジョシュアも白目を剥《む》いて自失している。

素直に従ったほうが得策だと判断したのか、彼はクロエから離れて、そろそろと立ち上がった。

こんなときでも、彼は身だしなみを整え優雅に微笑み、しなやかな手つきで礼をした。

その場違いな所作に、イルヴィス以外の人間は虚《きょ》を衝《つ》かれた顔をする。

「無粋《ぶすい》な方ですねえ。ちょっと大袈裟《おおげさ》ではないですか。でも、美しい人妻と逢い引きしていた罰ならば、甘んじてお受けいたしますよ」

「ふざけたことをぬかすな。貴様の罪がそんな程度ですむか。人身売買オークションの黒幕め」

「証拠はありますか？　こんな男の言うことなど、誰も信じませんよ」

オスカーは足元に転がるジョシュアを、靴先で蹴飛《けと》ばす。

「私が知らないと言えばそれまでです」

「事実はどうあれ、お前の身柄は拘束させてもらう。最寄りの港に緊急寄港して警察に引き渡すから、知らないと言ってすむと思うならそこで試してみろ」

イルヴィスは、オスカーの言葉をあっさり一蹴《いっしゅう》した。

オスカーは、険《けわ》しい目つきで歯をぎりぎりと軋《きし》ませる。

クロエは媚薬《びやく》のせいで、起き上がることもままならない。

「イ……イル……ヴィス様……」

なんとか唇を動かし、懸命に名を呼ぶ。

ドレスの裾《すそ》はめくれあがり、胸元ははだけて下着が丸見え。ひどい有様だろう。

イルヴィスの黒い目に、クロエの悲惨な姿が映る。その途端、憤怒《ふんぬ》の炎が彼の全身からわき上がった。

「警備！　捕縛しろ！」

イルヴィスの合図で、たくさんの男たちが部屋に入ってくる。

(助かったのね……。ああ……イルヴィス様……)

だがクロエが安堵した矢先、オスカーがクロエの腕を掴んで引っぱり起こした。

「私に近寄るな！」

クロエはオスカーに羽交《はが》い締《じ》めにされ、首元に短剣を突き付けられた。

イルヴィスはもちろんのこと、警備スタッフやクラウスの動きも止まる。

オスカーが美貌を歪《ゆが》め、奸悪《かんあく》な表情で自分を包囲する人々を見据えた。

「私を捕まえる？　冗談じゃない。何がなんでも逃げさせていただきますよ。――おっと！　動かないでください」

クロエがオスカーの手から逃れようと身じろぐと、短剣の切っ先が喉を掠める。

「護身用の短剣を携帯していてよかった。こんな事態になるとは予測しませんでしたがね」

首のあたりに鋭い痛みを感じ、クロエは小さい悲鳴を上げた。

「クロエ！」

「動かないでください。あなたのふしだらな奥方の、この豊満な胸に刃を突き立てますよ」

挑発するような言いまわしに、イルヴィスの目が剣呑《けんのん》に光る。

「おれの妻を愚弄《ぐろう》するな。犯罪者め。クロエをかどわかしておいて、ただですむと思うなよ」

「なんですって？　何か勘違いしているようですね」

オスカーは短剣の持ち手をこれ見よがしに何度も握り直す。

それを見たイルヴィスたちが完全に動きを止めたことを確認し、彼は喉を震わせて笑った。

「この部屋に来たのは、奥方の意思ですよ。夫に裏切られて悲しいと訴えられましてね。ふたりで逃避行の相談をしていたところです」

「おれは妻を裏切ってなどいない」

イルヴィスがはっきりとした口調で、そう断言する。そして、さらにこう続けた。

「くだらん言いがかりをつけてクロエを動揺させるな。おれは貴様の戯《ざ》れ言《ごと》には騙《だま》されん。何を言っても無駄だ」

こんな切迫した事態に直面しても、彼は冷静に物事を判断していた。

「ふん、つまらぬ男だ」

オスカーが嫌な笑みを浮かべる。

「どうやら窮地《きゅうち》に追い込まれてしまったようですね。仕方がない。……ならば少しくらいは反撃させてもらいましょうか。私のものにならない薔薇《ばら》など、散らしてしまいましょう」

「何っ……！」

「足が悪く、武器もないあなたに何ができますか。愛する奥方が殺されるところを、そこで指を咥《くわ》えて見ていなさい！」

オスカーが大きく腕を振りかぶり、クロエの心臓目がけて短剣を振り下ろす。

クロエは顔を背《そむ》け、ぎゅっと瞼《まぶた》を閉じた。

（イルヴィス様……。ごめんなさい。愚かなわたくしを、どうか許して……）

クロエの心は、イルヴィスへの想いでいっぱいになる。

（誠実なあなたを疑ってごめんなさい。卑劣《ひれつ》な男の嘘に騙《だま》されたこと、両親のこと、すべて謝罪したかった……。でも、その時間もない……。わたくしはどこにいても、あなたを……）

――――愛しています。

次の瞬間、カンッと鋭い金属音がして、オスカーの悲鳴が部屋中に響いた。

何が起こったのかとクロエは瞼《まぶた》をゆっくり開ける。すると目の前には、イルヴィスが細身の長剣を持って立っていた。

「剣……？　いつの間に……」

クロエの胸に突き立てられるはずだった短剣は、床に突き刺さっている。

どうやらイルヴィスがオスカーの短剣をなぎ払ったらしい。

手の甲から血を流して狼狽《うろた》えるオスカーに、イルヴィスが嘲笑する。

「おれの杖は仕込み杖になっている。残念だったな」

怒りで顔を真っ赤にしたオスカーが、クロエをイルヴィスのほうに突き飛ばした。

そしてすぐさま身を翻《ひるがえ》し、転がるように一回転する。床に突き刺さった短剣に手を伸ばし、瞬時にそれを抜き取った。

立ち上がると同時に床を蹴り、短剣を両手で握ってイルヴィスに突進する。

「クロエ！　危ないからどいていなさい！」

イルヴィスが隣にいたクラウスにクロエを預ける。

間一髪《かんいっぱつ》のところで、イルヴィスはオスカーの短剣を長剣で受け止めた。

ふたりの男が近距離で睨《にら》み合う。

キンッと刃が交わり、それを合図にしたようにふたりが距離を取った。

「先ほどは油断しましたが、今度はそうはいきませんよ。足の悪い男など、私の敵ではありません」

オスカーがそう豪語すると、イルヴィスの眉間《みけん》に皺《しわ》が寄る。

「今さらなんのために強がるのか。たとえおれをその短剣で殺せたとしても、逃げ道はない」

「どうでしょうね」

オスカーがイルヴィスを惑《まど》わすように前後左右に動く。足の悪いイルヴィスはとっさに対応できないだろう。

そして再び、オスカーがイルヴィスに向かって短剣を突き出した。イルヴィスはそれを長剣で受け止め、刃の交わる甲高《かんだか》い音が部屋に響く。

「イルヴィス様……！」

思わず駆け寄りそうになったクロエを、クラウスが手で制した。

「前に出てはいけない。イルヴィスが自由に動けなくなる」

「でも……」

不安げなクロエに向かって、クラウスがなだめるように言う。

「イルヴィスの剣の腕はなかなかのものだ。彼を信用しなさい」

確かに、明らかにイルヴィスのほうが優勢だった。

長剣のリーチが長いことも要因ではあったが、それ以上にイルヴィスは動体視力がいいようで、オスカーの動きを見切っていることが大きい。

だが形勢は、ほんのささいなことで逆転した。

イルヴィスが絨毯《じゅうたん》に足を取られ、がくりと体勢を崩したのだ。

それを見たオスカーの目が妖《あや》しく光る。

「あぶない！　イルヴィス様！」

彼をオスカーの凶刃《きょうじん》から守りたい。ただそれだけの理由で、無意識にクロエの身体が動いていた。

短剣を振りかぶったオスカーからイルヴィスを守るように、両者の間に割り込む。

「クロエ！」

イルヴィスが叫ぶ。

クロエは痛みを覚悟した。だが、クロエの華奢《きゃしゃ》な身体に、短剣が突き立てられることはなかった。

「っ……！」

イルヴィスの逞《たくま》しい身体に抱きしめられ、そのまま床に倒れ込む。

そのとき、クロエの脳裏《のうり》で何かが弾《はじ》けた。眠っていた記憶が蘇《よみがえ》り、頭の中を一気に駆け巡る。

「前にも……同じようなことが……」

呆然とするクロエに、イルヴィスが叫ぶように問いかけてくる。

「大丈夫か！」

「は、はい……」

――大丈夫か！　お嬢さん！

イルヴィスの声が、記憶の奥底に封じ込められていた声と重なる。

どこで聞いたのだろう。

ふと我に返ると、オスカーの短剣はイルヴィスの左腕に突き刺さっていた。彼の指先から血がポタリポタリと落ちる。

「イルヴィス様……血が……」

「問題ない」

彼はそう口にしたが、そんなわけがない。シャツの袖には血の染みが広がり、真っ赤になっている。

それでも彼は平気な顔をして立ち上がると、腕から短剣を抜き、オスカーの手が届かないようクラウスたちのいるほうに放り投げた。

血の雫《しずく》が宙を舞い、高級な絨毯《じゅうたん》に赤い斑点《はんてん》が散る。

イルヴィスは怒りを滲《にじ》ませた目で、薄ら笑いを浮かべるオスカーをねめつけた。

「イルヴィス！　もうやめたまえ！　その男は警備員が拘束する。君は怪我をしているんだ、引きなさい！」

クラウスが叫ぶが、イルヴィスの耳には入っていないようだ。彼はオスカーに掴みかかり、そのまま揉み合いになった。

ふたりは家具や壁にぶつかり、ガタンッバタンッと大きな音をたてている。

その音をきっかけに、クロエの頭にある記憶が浮かび上がった。

「あ……」

天を突き刺すような悲鳴。鼓膜《こまく》が破れんばかりに大きな爆発音。血を流す人々――

あれは何年前のことだろう。七年？　いや八年前だろうか。アミールはまだ生まれていなかった。

幼《おさな》いクロエは両親と一緒に、巷《ちまた》で話題になっていた大きな造船所の見学に行ったのだ。

そのとき運悪く爆発事故が起こり、クロエはそれに巻き込まれてしまった。

「……でも、わたくしは傷ひとつ負わなかった……。助けてくれた……男の人がいて……」

事故が起こる直前、クロエは工場内で迷子になっていた。

泣きじゃくるクロエを見かねたひとりの青年が、彼女の手を引いて、一緒に父母を探してくれたのだ。

作業服を着ていたから、造船所で働いている人だったのだろう。

確か、クロエは青年の胸に刺繍《ししゅう》されている名前を読んだ覚えがある。

『お兄ちゃんのお名前、変わってるね。イル……ヴィス？』

『イルヴィス・サージェント。リストニアの名前だ』

『ふうん。イルヴィスお兄ちゃん。一緒にママとパパを探してくれてありがとう』

黒い髪に黒い目。この地域ではあまり見ない浅黒い肌。

彼はあまりしゃべらなかったが、クロエを安心させようとキャンディをくれたり、頭を撫《な》でたりしてくれた。

そんなさりげない優しさに、クロエの涙もすっかり乾いて……

無骨だが思いやりのある彼に、幼《おさな》いながらもほのかな恋心を持ってしまった。

爆発が起こったのは、その数分後。

彼はクロエを抱きしめ、爆発による熱波や、飛んでくる船の破片から守ってくれた。

青年の背に、ガラスの破片や尖《とが》った金属が刺さっているのを見て、クロエは叫んだ。

『お兄ちゃん！　お兄ちゃん！　しっかりして……！』

『泣くな。おれは大丈夫だ。心配いらない』

『うぇ……んっ……。イルヴィスお兄ちゃん……お兄ちゃんが死んじゃう……』

『死なねえよ……』

青年はそう言うと、がくりと倒れ込んだ。クロエの顔に血がポタリと落ちる。

死なないと言った青年は、クロエを抱きかかえたまま意識を失ってしまったのだ。

恐怖で心が麻痺《まひ》してしまい、泣き叫ぶことも助けを求めることもできない。

青年に抱かれたまま、救助隊が来るまで放心していた。

——そして、クロエはその恐ろしい記憶を封印したのだ。

今、すべてを思い出した。

大きな音が怖い理由も。イルヴィスの傷のことも。

「わたくしを庇《かば》ったから……」

イルヴィスは知っていたのだろうか。あのとき身を挺《てい》して庇《かば》った少女がクロエだということを。

『見初《みそ》めたわけではない。彼女のことは昔から知っていた』

イルヴィスがジョシュアに言った言葉を思い出す。

（彼は知っていたんだわ。知っていて言わなかった……？）

クロエはイルヴィスへと視線を向けた。男たちの戦いに、そろそろ決着がつきそうだ。

イルヴィスの拳《こぶし》がオスカーの鳩尾《みぞおち》に入る。

オスカーはぐっと唸《うな》ると、前屈《まえかが》みになって床に膝をついた。

「どうやら、おれのほうが強かったようだな」

イルヴィスが冷たい目で見下ろしながら言い捨てる。

オスカーは恨めしそうに歯をギリギリと鳴らし、血走った目で見上げた。

イルヴィスはそれを無視すると、興味を失ったように彼に背を向ける。

そしてクロエのところまでやってくると、腰を両手で掴んでゆっくりと立ち上がらせてくれた。

「捕らえろ！」

クラウスの合図で、警備員がオスカーのもとへ走り寄り、素早く捕縛する。

力尽きたのか、彼はもう抵抗しなかった。

けれど連行される際、わざわざ振り返ってイルヴィスに悪魔の囁《ささや》きを残す。

「あなたの奥方が闇公爵を恐れて、私のもとに逃げ込んできたのは事実ですよ」

「くどい」

イルヴィスは冷淡な目つきと声色で、端的に返した。

するとようやく諦《あきら》めたのか、オスカーは肩を竦《すく》めて嘆息《たんそく》する。

「腕のいい弁護士を雇います。保釈金ならいくらでも積みますし、すぐに地獄から舞い戻ってきますよ」

「失せろ。目障《めざわ》りだ」

イルヴィスの言葉にオスカーは高笑いし、警備員に連れられて部屋を出ていった。

気を失ったままのジョシュアも、大柄な警備員に担《かつ》がれ運ばれていく。

その光景を見て、クロエはやっとイルヴィスへの謝罪を口にすることができた。

「イルヴィス様……。許してくださ……わたくし……」

涙を堪《こら》えながら懸命に告げるクロエを、彼はぎゅっと抱きしめた。

極度の緊張から解放されて頭が朦朧《もうろう》としているが、クロエは彼に伝えなければならない。彼への本当の気持ちを。

「イルヴィス様……あの――」

だが、先に想いを告げたのはイルヴィスだった。

「おれは何があってもクロエを手放さない。愛している」

驚きのあまり崩れ落ちそうになるクロエを、逞《たくま》しい右腕がしっかりと支える。

「でも……でも……契約妻だと……。帰国する際に、自慢できる妻が欲しいだけだと……」

泣きそうな声で言うクロエに、イルヴィスは首を横に振る。

「クロエがおれを忘れていたから、腹が立ってそう言ってしまった」

「も、申し訳ございませ……」

「謝るな。おれは、クロエを一生守る。二度と怖い思いなどさせない」

クロエの心にわだかまっていた負の感情が消えていった。

目から熱い涙が溢《あふ》れ出し、イルヴィスの顔がぼやける。

クロエはそれでも彼を見つめ続けた。

イルヴィスも、クロエをじっと見つめている。

ふたりの世界ができあがりかけたとき、クラウスの咳払いが響いた。

「我が友イルヴィスよ。先に手当てをしよう。愛を語り合うのはそれからにしてくれ」

「手当て？」

「腕の怪我だよ。短剣が突き刺さっただろう」

「ああ、そういえばそうだった」

イルヴィスは椅子《いす》に座らされ、クラウスが連れてきた医師によって治療される。

医師が傷口を手早く縫っている間、クロエは彼の足元にしゃがみ込んで大人しく待った。

彼から少しも離れたくなかったし、彼もクロエの艶《つや》やかな金髪を愛《いと》おしげに撫《な》でてくれている。

「イルヴィス様、わたくし思い出しました」

そうつぶやくクロエに、彼の指が動きを止める。だが、すぐに何事もなかったかのように再び撫《な》で始めた。

「そうか」

「どうして教えてくれなかったのですか。あのとき、わたくしを助けてくださったことを……」

「教えてもよかった。しかし、記憶を失うほどの衝撃を受けたあなたに、強引に思い出させるのは酷だろうと考えた」

イルヴィスらしい優しさだ。彼はクロエの耳朶《じだ》をそっと摘まむと、話を続けた。

「でも忘れられるのは寂しいと思った。だから昔の名を告げてみたが、なんの反応もないので、仕方なく契約妻ということにしてあなたを束縛しようとした。今思えばいいやり方ではなかったかもしれない。それでも、クロエを私のものにしたかった」

「イルヴィス様……」

「おれが一生クロエを守る。心の後遺症は簡単には治らないだろうが、いい医師も探そう」

クロエは思わず彼の膝にすがりついた。

「申し訳ございません。わたくし……」

「謝るなと言ったろう」

「でも……でも……」

クロエは必死で言葉を紡《つむ》ごうとするが、途中で身体の異変に気付いて口を閉じた。

彼の優しい指で頭皮を撫《な》でられていると、身体が敏感に反応してしまい、荒い吐息が漏れそうになる。苦しくて切なくて、イルヴィスの太ももに顔を埋《うず》めた。

彼は苦しそうなクロエに向かって声をかけた。

「次はクロエだ。怪我はなさそうだが、念のため医者にみてもらえ」

クロエは首を横に振った。身体を蝕《むしば》んでいるのは、オスカーに盛られた媚薬《びやく》だ。医者にみてもらったからといって、治るとも限らない。

「……を……飲まされて……」

「何？」

「媚薬《びやく》を……飲ま……されて……」

イルヴィスはクロエを抱き上げると、周囲の人々に指示を出すクラウスに向かって叫ぶ。

「おれとクロエは先に部屋へ戻る。事後処理を頼んでいいか」

「ああ。だが彼女を医者にみせなくていいのか」

「クロエが嫌がっている」

イルヴィスはクロエの気持ちを正確にくみ取ってくれる。クロエは彼の首元にしっかりと抱きついた。

だが、彼の傷に障《さわ》るのではないかと気が付き、慌てて手を離す。

「しっかりつかまっていろ」

「でも……怪我が……」

「気にするな。おれの怪我よりクロエの顔色のほうが悪い」

ベアトリスがクラウスの横で心配そうに言う。

「クロエちゃん、大丈夫なの？　部屋に医者を向かわせる？」

「いや、構わない。部屋にはしばらく誰も近付けないでくれ」

イルヴィスはそう言い残すと、クロエをしっかりと抱きかかえたまま、エレベーターへ向かった。

第七章　愛の褥《しとね》に身体も心も乱される

部屋に戻ると、真っ先にバスルームに連れていかれた。

イルヴィスはクロエを抱き抱えたままガラスのドアを開け、浴室に入る。

タイルの床にゆっくり下ろされたクロエだが、ひとりでは立っていられず、ガラスの壁に寄りかかった。気持ちが落ち着いたせいなのか、媚薬《びやく》によって熱くなっていた身体は少し楽になっている。

「ひどい姿だ」

そう言われて、自分の格好を見下ろす。ドレスは皺《しわ》だらけで、胸元は無残に破かれていた。

「でも、イルヴィス様にプレゼントしていただいたネックレスは無事です。これも引きちぎられそうになったのですが……」

「そんな安物どうでもいい」

「わたくしの宝物です。イルヴィス様に買ってもらったものは、どれも大切にしたいです」

クロエの言葉に、イルヴィスはそれ以上何も言わなかった。

よく考えたら、ドレスもイルヴィスが用意してくれたものだ。

結局自分は彼に買ってもらったものを台無しにしてしまったことになる。

クロエはふと、かねてからの疑問を口にした。

「クローゼットの中のドレスは……イルヴィス様のお見立てですか？」

イルヴィスは無表情を装《よそお》ったが、瞼《まぶた》が少しだけ動く。

「なぜ、それを訊《き》く？」

「アメリーが言っていたのです。わたくしの髪や目の色に合いそうなデザインばかりなので、イルヴィス様が時間をかけて選ばれたのではないかと」

イルヴィスは空咳《からせき》をひとつすると、ふいと顔を背《そむ》けた。

「……だったら、どうだというのか」

クロエの胸に愛《いと》しいという感情が込み上げる。

彼に愛を告げたい。愛していると言いたい。

でも、その前に謝らなければ。

「せっかく買っていただいたドレスを……ダメにしてしまって……」

「また買えばいいだけのことだ。それに、奴がやったことだろう。クロエが悪いわけではない」

イルヴィスが手を伸ばし、そっとクロエの首筋に触れる。

「あなたは何を買い与えても感謝しない娘だと思っていた」

それは誤解です。そうクロエが言う前に、イルヴィスが続ける。

「今なら分かる。クロエは何も知らなかったのだろう。勘違いしてすまなかった」

クロエは思わず彼の胸に飛び込んだ。

「ごめんなさい……。知らなかったんです……。お父様とお母様が、イルヴィス様からたくさんの贈り物をもらっておきながら、なんのお礼もしていなかったことを……」

イルヴィスの逞《たくま》しい胸にすがりつきながら、懸命に訴える。

彼は優しい手つきで、クロエの背をあやすように撫《な》でてくれた。

クロエを抱きしめながら、彼が独白する。

「あの事故のあと、入院している間もずっと助けた少女のことが気がかりだった。迷子になって泣きながら、おれの手をしっかりと握っていた少女のことが……」

「イルヴィス様……」

「誰に訊《き》いてもそんな少女は知らないと言うし、入院患者の中にそれらしい者もいなかった。まさか亡くなってしまったのだろうかと心配だった」

彼は話を続けた。

「おれはずっと少女の行方を探していた。貴族になってからも、人を使って行方を追った。そしてようやくあの少女が、伯爵家の娘であることを確認したのだ。無事であればそれでいい。そう思っていたのに、報告書には精神的な後遺症があると書かれていて、おれは自分の不甲斐《ふがい》なさを感じたよ」

「どうしてですか？　イルヴィス様のせいでは……」

「彼女を守りきれなかったことが悔やまれて仕方なかった」

イルヴィスには責任はないというのに、彼はずっと悔やんでいたのだ。

「定期的にクロエのことを調査し、症状が改善しているかどうか報告させていた。その中でクロエの両親があちこちから金を借りていることを知り、求婚と援助を申し出た」

それからのことはクロエも知っている。

「プロポーズは二件あり、一件は断ったと聞いております。てっきり、お受けしたほうから融資していただいたものとばかり……」

「残念だが、もう片方は詐欺《さぎ》だ」

「え？」

「容姿の美しい子息や子女がいる下位貴族に偽の縁談を持ち込み、騙《だま》して借金させ、最後は屋敷ごと奪い取る詐欺《さぎ》集団がいる。クロエの両親は、どうやらそれに引っかかったらしい」

「えっ……それって……まさか……」

イルヴィスの説明によると、クロエの両親はイルヴィスからの求婚と援助を大層喜び、クロエを彼に嫁《とつ》がせる気だったらしい。だが――

「そこに横やりを入れてきたのが詐欺《さぎ》集団……いや詐欺《さぎ》だけじゃないな。誘拐に人身売買。あのオスカーという男を首領とした犯罪者集団だ。それだけじゃない。クロエの両親に偽の情報を流して、おれとの結婚を取りやめさせた」

「偽の情報？」

「イルヴィスという男はリストニアで不正な手段を用いて公爵に成り上がった人間だから、金をいくらでも引き出してやればいい。そのほうがリストニアのためにもなるとかどうとか、ふざけたことを吹き込んだらしい。まったく、おれは確かに成り上がりだが、不正など働いていないというのに」

「お父様とお母様は、彼らに騙《だま》されて……」

「そうだ。人のよさを利用されたというか、素直さが裏目に出たというか……。バースデーパーティでクロエがさらわれたときは驚いたよ。何がなんでも助け出そうと思ってオークション会場へ行ったんだ。その後もいろいろ調べていたんだが、オスカーのことがわかったのは、ジョシュアが接触してきたのとほぼ同時だった。……いきなりこんな事実を突きつけることになってすまない」

そんなこととは露《つゆ》知らず、クロエはのうのうとバースデーパーティやお茶会に出ていた。それを思うと、本当に自分が情けない。

騙《だま》されたのは両親かもしれないが、クロエも何かおかしいと薄々気が付いていながら、自分に都合の悪いことをあえて追及しなかった。すべて両親に任せていた自分にも責任はある。

「申し訳ございません。わたくし……」

「謝るな。おれも最初は勘違いしていた。お互い様ということで終わりにしよう」

終わりになどできるのだろうか。損をしているのは明らかにイルヴィスのほうだ。

そんな思いを込めて、彼の黒曜石《こくようせき》みたいな目を窺《うかが》い見る。けれどイルヴィスは、すべてを許すと言うように優しい笑みを浮かべた。

彼はそっと手を伸ばすと、不安そうなクロエをなだめるかのように、柔らかな金髪を指で梳《す》く。

そして、掠めるようなキスをした。クロエの胸がドクンと跳ねる。

イルヴィスは何度も頭を撫《な》でたあと、耳朶《じだ》を指先でくすぐる。それから首筋に指を滑《すべ》らし、今度は肩を撫《な》でてくれた。彼に触れられたところが、徐々に熱を持ち始め、一旦は収まっていた情欲の火が再び灯《とも》り始める。身体が熱くてたまらない。

「イルヴィス様……お願いです。はしたないこととは承知しておりますが……」

クロエは伏し目がちに懇願《こんがん》した。

「抱いてくださいませ。身体が……」

自分から抱いてほしいと言うなんて、淑女《しゅくじょ》らしからぬ品のない行為だろう。

でも、もう限界が来ている。心も身体も、イルヴィスだけを求めていた。

「媚薬《びやく》を盛られたとか言っていたな。あの悪党め、おれの妻になんということを」

イルヴィスは憎々しげにそう零《こぼ》すと、クロエの破れたドレスをゆっくりと脱がした。

ドレスがはらりと下に落ち、両手で隠さないと胸が丸見えになってしまう。

「どうした。何を恥ずかしがっている」

「……あ」

クロエの胸の先端は、媚薬《びやく》のせいでいやらしい形に尖《とが》っていた。

ぷっくりと膨《ふく》れあがった乳首を見られまいと、腕を交差して隠す。

だが、イルヴィスは気にした様子もなくショーツに手をかけると、そのまま勢いよく下にずらした。

「はぁっ……ぁん」

そんな行為にすら、クロエの身体は過敏に反応する。

オスカーに触れられても悪寒《おかん》しか覚えなかったのに、好きな男性が相手だと、指が皮膚を掠めただけでこんなに感じてしまうなんて。

イルヴィスは、クロエの片足を交互に上げさせ、ショーツを脱がせる。それをドレスと一緒に脱衣所へ放り投げてしまった。

むせ返るような愛蜜の香りが鼻につく。しとどに濡れたそこを見られたくなくて、クロエはきっちりと足を閉じた。

しかし陰部の奥が熱くてむず痒《がゆ》くて、身体が扇情的《せんじょうてき》に揺れてしまう。

そんなクロエの心を見透《みす》かしたのか、イルヴィスが太ももを掠めるように撫《な》でた。

「ぁあっ……」

「足を開きなさい」

「ダ、ダメ……」

「抱いてほしいんだろう」

「イルヴィス様も……脱いでください。わたくしだけなんて……」

それを聞いたイルヴィスは苦笑し、シルクシャツのボタンをひとつひとつ外していく。

そして包帯が巻かれた右腕から器用にシャツを抜き取り、トラウザーズも下穿《したば》きも脱ぎ落とした。

クロエと同じように裸になった彼が目の前に立つ。

浅黒いなめらかな肌に、屈強な筋肉。身体中に残った薄い傷跡も、彼の野性味を引き立てる。

クロエは彼の昂《たか》ぶっているものに視線を向けないよう注意した。

いくら欲しいからといって、あからさまに見るのは品がない。

「これでいいのか。まったく我儘《わがまま》なお嬢さんだ」

「我儘《わがまま》だなんて……」

「抱いてくれと訴えるくせに、恥ずかしがって身体を隠したり、おれにも脱げと命じてきたり……

正直に自分から足を開いて誘ってくれてもいいんだぞ」

「で、できませ……」

「何を言っている。ここはもうこんなに……」

彼の左手がクロエの太ももの上を這《は》っていく。指先がクロエの両足の間に入り込み、柔らかな毛をかき分けた。

そして奥に潜《ひそ》む媚肉《びにく》を、指の腹で引っかくように擦《こす》り上げる。

「濡れている」

「ひぁっ……ぁっ……」

それだけで、全身に激しい電流のようなものが走った。

「あぁっ……あっあっ……」

彼の指が媚肉《びにく》の襞《ひだ》を擦《こす》り上げるたび、びくんびくんと腰が震える。

無意識に、両足をはしたなく広げてしまう。

恥ずかしいとか、品がないとか、そんなのはもうどうでもいい。

イルヴィスの指が陰部を擦《こす》るだけで、矜持《きょうじ》や恥じらいが消えていった。

「ぁあっんっ……！　ぁやぁ……んっ！」

クロエは尖《とが》った乳首をあられもなく晒《さら》して、淫《みだ》らな格好で彼の指技に溺れる。

イルヴィスは膣《ちつ》から溢《あふ》れる粘り気のある蜜を指にまとわせ、媚肉《びにく》を一層激しく擦《こす》り上げた。

濡れた音がぬちゅぬちゅと淫猥《いんわい》に響く。

「ぁあっ……。いいっ……。も、もっと……」

「自分で腰を動かしなさい。好きな場所に当てるがいい」

「ああっ……。そんなっ……」

口ではそう言うものの、クロエは耐えきれず淫《みだ》らに腰を動かす。そうしないと、もうおかしくなってしまいそうだ。

身体を支配する媚薬《びやく》は、クロエの羞恥《しゅうち》を次々と奪っていった。

嬌声《きょうせい》を上げながら、イルヴィスの長い指を自《みず》ら秘所にあてがい、腰を波打たせる。

「ああっ……いい……」

愉悦《ゆえつ》が込み上げ、頭の中に白いもやがかかる。

あとちょっとで、決定的な快楽を得ることができるだろう。

「んんっ……。あっあっあぁ……」

クロエの喘ぎ声がより一層大きくなり、バスルームに反響した。

これ以上ないくらい、腰を激しく前後させる。

「あっ……いいっ……」

しかし突然、彼の指がすっと引かれた。

「やぁっ……」

途端に物足りなくなって、がくがくと下肢が震える。

もう少しで達することができたのに。どうしてイルヴィスは指を引っ込めてしまったのだろう。

クロエは恨みがましい目でイルヴィスを見上げた。

「勝手にひとりでイこうとするとは、悪い娘だ」

そんなイルヴィスの叱責《しっせき》も耳に入らない。

もっと快楽を感じたくて、淫《みだ》らな娼婦のようにおねだりする。

「お願いです。も、もっと……わたくしのここに……」

クロエは耐えきれず、自分の指を秘所にあてがい擦《こす》ってみる。だが、彼の指ほどの快楽は感じない。

イルヴィスが、泣きそうになるクロエに顔を寄せ、低い声で囁《ささや》いた。

「ダメだ。先におれの質問に答えなさい」

「し……質問……？」

イルヴィスが口角を上げ、不敵な笑みを見せる。

「どうして、あんなクズ野郎の部屋になど行ったのだ」

「あ……」

「言うんだ。おれから逃げようとしたのは、本当なのか」

そう問われて、クロエは一瞬身を強《こわ》ばらせてしまう。イルヴィスはクロエの動揺を見破ったらしく、それが真実だと悟ったようだ。目を剣呑《けんのん》に細めた。

「すべてを正直に話すまで、最後までしてやらん」

イルヴィスはクロエの両胸を荒々しく掴むと、激しく揉み始めた。

重量を確かめるように下から持ち上げたり、手のひらで捏《こ》ねまわしたりする。

胸の頂《いただき》を、人指し指と親指できゅっと摘まれ、クロエは白い喉を晒《さら》してのけぞった。

「ぁあっ……んっ……」

「八年間も見守ってきたんだ。手放すものか」

激情の籠《こ》もった声で言うと、イルヴィスはクロエの胸に顔を寄せてきた。

右の乳首を食《は》むと、潰すように唇を擦り合わせる。

「いっ……痛いっ……」

反対側の胸はイルヴィスの指によって、コリコリと押しつぶされた。

敏感な部分に与えられる鈍い痛みがじれったくて、クロエは全身を小刻みに震わせる。

イルヴィスの手荒い愛撫《あいぶ》は止まらない。

かりっと鋭く歯を立てられ、痛みが敏感な部分から全身に広がっていく。

それは秘部にも伝わり、膣《ちつ》の奥がジンジンと痺《しび》れた。

「あっ……ぁあっ……」

イルヴィスは口を大きく開くと、今度は反対側の乳房に吸い付いた。

突起を舌に乗せて、赤子が母乳を飲むようにちゅうっと強く吸い上げる。

乳首を含んだまま舌先を小刻みに上下させ、硬く膨《ふく》れあがった乳首を刺激した。

くすぐったさとじれったい愉悦《ゆえつ》が同時に襲ってきて、どうにかなってしまいそうだ。

「ふぅ……んっ……。あぁん……」

イルヴィスは顔を上げると、クロエの両胸を揉みながら口付けを与えてくる。

何度も角度を変え、舌を絡ませてきた。

「舌を伸ばして、おれに捧げるんだ」

「んんっ……」

イルヴィスの命令が、意識も身体も痺《しび》れさせる。

懸命に舌を伸ばすと、さらに濃厚に絡められた。

チロチロと舌を捏《こ》ね合わせたり、お互いの舌先を舐《な》め合ったりを繰り返す。

イルヴィスの熱情を帯《お》びた口付け。

いやらしく胸を揉み上げる熱い手のひら。

それらがクロエの官能をどんどん高めていく。

それなのに、彼は突然舌を引いた。敏感に尖《とが》った乳首からも手を離してしまう。

「イ……イルヴィス様……？」

「まだ答えを聞いていない。どうして、あの男の部屋に行った？　おれを捨てるつもりだったのか」

逆だ。クロエが捨てられると思っていたのだ。彼を捨てるなんて考えたこともない。

「ち……違……」

「何が違う。言え、クロエ。白状しないとこれ以上はやらん」

口付けと胸への愛撫《あいぶ》で昂《たか》ぶらせておいて、そんなふうに突き放すなんてひどすぎる。

彼の一方的な詰問に、泣きそうになってしまう。

「一晩中、乳首だけを嬲《なぶ》り続けてやろうか。それとも……」

イルヴィスは乳首を捻《ひね》るように摘まみ上げた。

「ひぁっ……ひゃぁっ……ぁんっ……」

痛いはずなのに、その感覚を凌駕《りょうが》する快楽が襲ってきて、クロエは腰を淫《みだ》らに揺らしてしまう。

イルヴィスは乱暴とも思える仕草で、ぎゅっぎゅっと強く乳首を潰した。

「もっと虐《いじ》めてほしいのか。ここをいじるだけで達するように躾《しつ》けてやってもいいんだぞ」

「ふっ……ぁあ……。ぁあっ……」

「どうなんだ。おれは、クロエの口から理由を聞きたい。あなたの気持ちが知りたいんだ。おれのことをどう思っている」

クロエは心の中では何度も愛していると叫んだが、イルヴィスに直接言ってはいない。

相手の気持ちが分からなくて不安なのは、イルヴィスも同じなのだろうか。

「ふっ……。ふぁっ……っ……。だ、だって……」

「どうした」

泣きじゃくるクロエを、イルヴィスが怪訝《けげん》そうに見つめる。

「だって……イルヴィス様が……わたくしを恨んでいると……」

「何？」

「ジョシュアと……イルヴィス様が……話しているのを聞いてしまって……」

「立ち聞きしていたのか」

クロエは、ばつの悪い思いをしつつ頷《うなず》いた。立ち聞きなんて品のない行為だ。

けれどあの現場を目撃してしまったから、クロエはオスカーの所へ行ったのだ。一方的に責められてばかりでは、心が辛くなる。

「イルヴィス様は、お互いに損はないと……おっしゃっていました。だから……ジョシュアに売られてしまうのではないかと……」

イルヴィスは黒曜石《こくようせき》の目を大きく見開くと、呆れたように嘆息《たんそく》した。

「そんなわけがあるか。おれは奴のくだらぬ話に同意などしていない」

クロエは首を横に振る。

「いいえ。ジョシュアが話をまとめると言ったとき、イルヴィス様は笑うだけで否定なさいませんでした」

「奴を油断させるために、口車に乗ったふりをしただけだ」

それを聞いてクロエは思い出す。

イルヴィスは大事な友人であるクラウスの船で、揉め事を起こしたくないと言っていた。だからあの場ではジョシュアの話を断らなかったのだろう。

「そう……だったのですか……。でも、そのときは衝撃で……」

「それであの男に助けを求め、身を任せるつもりだったのか」

「そんなつもりはありませんでした。ただ……どこかへ逃げ出したかったのです……」

「結果、媚薬《びやく》を盛られて襲われかけるのでは、本末転倒というやつだな」

クロエは何も言えなくなって口を噤《つぐ》む。

責められても仕方がない。彼を疑ったのが一番の罪なのだから。

何があっても、イルヴィスを信じればよかった。今となっては、どれだけ後悔しても遅い。

「も……申し訳……」

クロエは、ひたすら謝罪するしかない。

彼の気がすむまで。イルヴィスが許してくれるまで。

はらはらと涙を流しながら身体を小刻みに震わせるクロエを、イルヴィスはぎゅっと抱きしめた。

そのまま首筋に顔を埋《うず》めて、耳元で小さくつぶやく。

「不安にさせて悪かった……。さぞかし心を痛めただろう。許せ、クロエ」

「謝らないで……。わたくしが――」

イルヴィスの愛を理解していなかったクロエが悪い。しかし最後まで言う前に、彼がクロエの唇を封じた。

イルヴィスの舌が口腔《こうこう》を暴れまわる。口蓋《こうがい》、頬の裏、舌下《ぜっか》、歯茎までもが彼の舌に犯《おか》される。

クロエはずっと、彼と口付けがしたいと願っていた。

だから懸命に舌を絡め合わせて、熱い口付けに応《こた》える。

彼がゆっくり唇を離すと、唾液の糸がふたりを繋いだ。

それはキラキラと淫靡《いんび》な光を放ち、半開きになったクロエの口をより色っぽく見せる。

彼は人指し指でクロエの口の端を拭《ぬぐ》った。

「もう泣いていないな。おれはクロエの悲しい涙を見たくない」

「イルヴィス様……」

とろんとした目で、彼の黒曜石《こくようせき》みたいな目を見つめ返す。そこには、クロエの姿だけが映っていた。

(ああ……わたくしの……わたくしだけの旦那様……)

イルヴィスがシャワーのノズルをまわした。頭上から温かい湯が降ってくる。

熱い飛沫《しぶき》が、ふたりの身体を包み込んだ。

「はぁっ……ぁあんっ……」

シャワーの湯にも、クロエの肌は過敏に反応する。身体中が性感帯になってしまったかのようだ。

イルヴィスがシャワーを手に取り、頭から湯をかけてくる。

「身体を洗ってやる。足を開け」

クロエは期待に満ちた目で、おずおずと太ももを開いた。

これ以上じらされたくない。イルヴィスの指が欲しい。イルヴィスの雄が欲しい。彼のすべてで身体を満たしたい。そんな本能的な欲望がクロエを支配している。

イルヴィスはシャワーヘッドをクロエの秘所にあてがった。

それだけで身体がびくんびくんと震えてしまう。

「ぁあっ……んんっ……。ひゃぁんっ……」

イルヴィスはシャワーの湯をあてながらクロエの秘所に指を伸ばすと、肉襞《にくひだ》を擦《こす》り上げた。

「ぁはあっ……ぁあんっ……」

媚肉《びにく》を割り開かれると、敏感な蕾《つぼみ》に直接湯が当たる。

ぷくりと膨《ふく》れあがった花芯がひくひくと揺れて、与えられた刺激を喜んでいた。

さらに彼の指がぎゅっぎゅっと擦《こす》り上げてくる。

「ひっ……！」

脳を溶かすような快楽に、クロエの腰がびくんと跳ねた。

「さっきみたいに自分で腰を動かしてみろ」

「は……はい……」

クロエはイルヴィスの筋肉質な腕にすがりつくと、彼の指がいいところに当たるように腰を前後させた。

クロエの動きに合わせて、指が蜜口あたりをぬるりとくすぐったり肉芽を押してみたり、意地悪な動きをする。

気持ちよくてたまらない。理性すら投げ捨てて、彼が与える愛撫《あいぶ》に思うがまま乱れた。

ぬちゅっぐちゅっと、下肢から濡れた音が響く。

陰部からは、愛蜜がしとどに溢《あふ》れ出す。

「あぁっ……んんっ……はぁっ……あぁんっ……」

愛蜜は内ももをしっとりと濡らし、イルヴィスの指に絡み付く。

女の芳香が立ち上り、シャワールームに充満した。

「いいっ……！　ぁあっ……。も、もうダメ……」

「いいぞ。おれの指で淫《みだ》らにイけ」

「はぁっ……――っ……」

クロエの視界が真っ白になった。

もう何も考えられない。力が抜けて倒れ込んでしまいそうになるのを、イルヴィスが支えてくれた。

「いやらしい妻だ」

こんなに乱れてしまったのは媚薬《びやく》のせいだ。

イルヴィスはそれを分かっていながら、言葉でクロエをなじる。

「そんな、ひどい言い方……」

「何がひどいだ。たった今、おれの指だけで達してしまっただろう」

泣きそうなクロエに、イルヴィスが憤然《ふんぜん》とする。

「他の誰にも、そんな艶《つや》っぽい顔を見せるんじゃないぞ」

見せる予定などないが、過剰なまでの独占欲を示されて驚いてしまう。

イルヴィスは冷淡なようで、ものすごく嫉妬《しっと》深いのだとクロエは知る。

よく考えてみたら、今までにもそれらしいことを言っていた。

『クロエを見世物にでもされたらたまらない』

『クロエを誰かと必要以上に関わらせるつもりはない』

クラウスやベアトリスに紹介するのも、渋々《しぶしぶ》だったような気がする。

「どうした」

「い、いえ……」

夫の分かりにくい悋気《りんき》に、クロエは困惑してしまう。

イルヴィスは気にした様子もなくシャワーを止め、クロエの肩にピンクのバスローブをふわりと掛けた。

そして自分も色違いのバスローブを羽織《はお》ると、クロエを横向きに抱き上げる。

「きゃっ……。イ、イルヴィス様……。あ、あの……」

「ベッドルームに行くぞ」

「あ……」

イルヴィスは有無を言わさず、クロエを寝室へ運ぶ。

「まだ歩けないだろう。媚薬《びやく》が抜け切っていないはずだ」

「は、はい……」

確かに一度は達してしまったが、じわりじわりと身体の奥底から再び疼《うず》きがわき上がってきている。

ベッドにそっと下ろされると、その拍子に彼の濡れた髪が頬に当たった。

青っぽいような緑っぽいような輝きをまとった、美しい黒色。

同じ色の瞳と浅黒い肌も、とてもエキゾチックだ。

しなやかな野獣のような彼を、クロエの色で染めたい。クロエの与える喜びで満たしたい。

そんな欲求が溢《あふ》れてくる。

イルヴィスはバスローブを脱ぐと、片膝をベッドに乗せた。

ギシリと軋《きし》む音がして、イルヴィスに見惚《みと》れるクロエを現実に引き戻す。

「何を考えている」

「イルヴィス様のことを……」

「おれの何について考えていた」

イルヴィスは嬉しそうに問うと、クロエのバスローブに手をかけた。

恐る恐る彼の下半身に目をやる。彼の欲望が、生々しく猛っていた。

他の部分より少し濃い褐色《かっしょく》の男根は、太く長く怒張《どちょう》している。

筋張った血管が浮き上がり、隆々《りゅうりゅう》と天を向くその肉棒に、クロエは並々ならぬ執着を持ってしまう。

（わたくしのものだわ……。わたくしの……）

「イルヴィス様」

「どうした。怖いのか」

クロエは「いいえ」と小さく首を横に振った。

そっと手を伸ばして逞《たくま》しい棒に添えると、切実な声で言う。

「わたくしが考えていたのは……どうすればイルヴィス様を喜ばせることができるかです。どうかイルヴィス様のこれを愛させてくださいませ。わたくしの口で……」

イルヴィスはベッドの上に座ると、クッションに背をもたせかけ、片膝を立てて寛《くつろ》いだ。

立てた膝の上に腕を乗せ、気だるそうにクロエを見下ろす。

「クロエのやりたいようにやればいい」

「は……はい」

クロエは四つん這《ば》いになって彼の足元に近寄る。頭を下げて、愛《いと》しい彼の雄を見下ろした。

やはり大きい。手でも口でも持てあましてしまうほどの質量と長さを持っている。

クロエは舌を出し、肉棒の先端をそっと舐《な》め上げた。

そこに滲《にじ》んだ透明の液体から、潮風の匂いと味がする。

なんだか愛《いと》おしさで胸がいっぱいになってしまう。

クロエは大きく唇を開くと、彼自身を頬張《ほおば》った。

「んくっ……」

肉茎をしっかりと握り、舌を滑《すべ》らすようにして顔を上下させる。

隆々《りゅうりゅう》として赤黒い血管が浮き上がる棒の裏側に、何度も舌を這《は》わせた。

亀頭の割れ目から溢《あふ》れる蜜とクロエの唾液が混じり合って、ぬちゅっずちゅっと淫猥《いんわい》な音が響く。

それらの液をたっぷり舌に絡めたら、口を動かしやすくなった。

激しく頭を上下すると、彼のものがもっと質量を増す。

時折、彼の低くてセクシーな声が漏れた。

感じてくれていると信じて、クロエはもっと激しく舌を絡め、唇で彼の肉茎を扱《しご》く。

溢《あふ》れる唾液を吸い上げようと、肉棒を咥《くわ》えたまま大きく息を吸う。

じゅるりと、淫《みだ》らでいやらしい音をたててしまったが、気にせずぴったりと唇を肉棒に張り付け、彼の先端から流れる蜜を唾液とともに嚥下《えんげ》した。

「うっ……」

イルヴィスが色気のある声で低く呻《うめ》いた。

こうすれば彼が気持ちよくなるのだと知ったクロエは、口腔《こうこう》に唾液が溢《あふ》れると、再びじゅるじゅると大きな音をたてて吸い上げた。

彼のものが喉の奥深くを突いてくるが、そのたびにむせそうになるのを耐える。

「んっ……んくっ……ふっ……うぅんっ……」

「ク……ロエ……」

イルヴィスがクロエの名を切なげに呼ぶ。低い声が掠れて、とても色っぽい。

クロエはその声をもっと聞きたくて、より激しい音をたてて彼の男根を吸い上げた。

するとますます、口の中で彼のものが大きくなる。

先端はクロエの咽頭《いんとう》を何回も突き、苦しくて堪《たま》らなくなった。彼のものは大きすぎて、上手く慰《なぐさ》めることができない。でも、もっと彼を愛したい。

「ふっ……んんっ……んくっ……」

懸命に肉棒を愛していると、突然頭に手を置かれて彼から引き離された。

もっと味わいたかったクロエは、物欲しそうに舌を伸ばして未練を示す。

「ふぁ……ぁん……」

「なんて猥《みだ》りがましい顔だ」

溢《あふ》れた唾液で、顎《あご》から首筋まで淫《みだ》らに濡れている。

目は劣情でうるうると潤《うる》み、口はだらしなく半開きになっていた。

「だって……イルヴィス様のこれが……」

そそり立つ彼の肉棒に、そっと両手を添える。

クロエはその先端にちゅっと唇をつけてから、愛《いと》おしそうに頬に当てた。

「わたくしの口の中で喜んでいるのですもの。それがとても嬉しくて……」

「淫乱な女になったものだ」

「イルヴィス様のお望みどおりです」

「そうだな。違いない」

彼はクロエの返しに笑うと、彼女の腰を掴んで身体の向きをひょいと変える。

「イルヴィス様……？」

彼の眼前に尻を突き出すような体勢になってしまった。

「どうせなら、同時に愛し合えるほうがいいだろう」

「お待ちください。この格好は……」

イルヴィスは寝転ぶと、クロエの尻を掴んで自分の顔に近付ける。

「あ……んっ……。ダメです。恥ずかしい……」

クロエはイルヴィスの顔を跨《また》ぐように下肢を開かされた。眼前には彼の肉棒がそびえている。

イルヴィスに陰部を隅々まで晒《さら》すことになってしまい、クロエは羞恥《しゅうち》のあまり腰を引こうとした。

その動きを咎《とが》めるように、彼の手のひらがクロエのまろやかな双丘を撫《な》でさする。

「はぁっ……ぁんっ……！」

「もっとおれの顔に近付けろ。そんなに離れては舐《な》められない」

臀部《でんぶ》を何度も撫《な》でまわされ、クロエの腰に微弱な電流がじわりと流れる。

クロエはびくんびくんと淫靡《いんび》に腰を揺らし、背をそらして快感を示した。

「ああ……お許しください。恥ずかしくて……」

「恥ずかしい？　ここはこんなに濡れているのにか。感じているの間違いだろう」

彼の指が充血した媚肉《びにく》を開き、その奥に潜《ひそ》む花芯に触れる。

それだけでクロエの腰はびくびくと震え、太ももは小刻みに揺れた。

「ぁあっ……」

イルヴィスはクロエの尻を掴むと、強い力で自分の顔のほうへ引き寄せる。

舌でぬるりと肉芽を舐《な》められたら、もう堪《たま》らない。

「ひゃぁっ……ぁあっんっ……」

彼は舌を小刻みに震わせ、ぷっくりと膨《ふく》らんだ肉芽を舐《な》めたり、強く押しつぶしたりを繰り返した。

そのたびに、快感で腰が揺らぎ、足はがくがくと震える。

「ぁあっ……ぁあっ……ん……」

イルヴィスがそこに軽く歯を立てた瞬間、透明な液が流れ出るのを感じた。

「ああっ……。ひぃ……！」

イルヴィスは溢《あふ》れる愛蜜を、舌ですべて舐《な》め取った。彼の舌先が蜜口の周囲に当たるたび、甘い嬌声《きょうせい》を発してしまう。

「んんっ……ぁはあぁっ……」

目の前に愛する彼の雄がそびえているのに、それに触れることすらままならない。

イルヴィスがクロエの秘所を隅々まで舐《な》めまわすから、何もできなくなる。

「あぁっ……ダメ、もう……」

彼の舌が媚肉《びにく》の側面をぬるぬると舐《な》め、肉芽を舌先で押した。

「おれのものも愛してくれるんだろう？　さっきから放置していないか」

「は、はい……。ぁあっ……うんんっ……！」

クロエが顔を近付け、彼のものを口に含もうとした瞬間、イルヴィスの舌が弧を描くようにして、花芯をぬちゃぬちゃと舐《な》めまわした。

「いいっ……。ぁあっ……も、もう……」

彼の割れた腹筋の上に倒れ込む。そのままブルブルと全身を震わせ、下肢に与えられる快感に耐えた。

「どうした。もう無理なのか」

「うっ……」

クロエが奉仕を試《こころ》みるたび、彼の意地悪な舌は動きを激しくした。

「ああっ……ぁあっ……！」

快感で背筋がぞくぞくする。そんなクロエをイルヴィスが急《せ》かす。

「早くおれを慰《なぐさ》めてくれ」

イルヴィスは楽しんでいるのだ。

快楽に喘ぎ、彼の肉棒を上手く愛せないクロエを面白がっている。

案の定、クロエが肉棒の先端に舌をつけた途端、イルヴィスは唇をぴったりと花芯につけ、肉芽を舌で押しつぶした。

「ひゃあっ……」

秘所から、脳にまで痺《しび》れと快感が駆け上がる。

「ぁああっ……ああっ……」

襲いくる愉悦《ゆえつ》から腰を逃がしたいのに、彼はがっちりと両手で尻を掴み、離してくれない。

クロエの喘ぎ声は掠れ、もう抗議することもできなかった。

「どうした。おれのものを愛さないのか」

「ふっ……。うっ……」

「クロエ？」

「うっ……ぇんっ……」

泣き出してしまったクロエを、彼はどう思ったのだろうか。

呆れたように息を吐くと、上半身を起こしてクロエの腰を掴み、向かい合うように膝の上に乗せた。

「やりすぎたか。泣きやめ、クロエ」

「ひどっ……ひどいです、イルヴィス様……」

「悪かった」

彼は簡潔に言うと、クロエの目から零《こぼ》れる涙を舌で拭《ぬぐ》った。頬を舐《な》められたクロエは、くすぐったさに肩を竦《すく》める。

「あまりに必死で可愛いから、つい虐《いじ》めたくなった。もう泣くな」

「ふっ……。イルヴィス様は……」

意地悪です。そう小声でつぶやく。

イルヴィスは軽く笑うと、クロエの腰をそっと自分の股間の上に落とした。

それだけで感じてしまったクロエは、腰を淫《みだ》らに揺らした。

「あぁっ……」

媚肉《びにく》の間を、彼の亀頭がぬるりと擦《こす》り上げる。

「このまま抱くぞ」

「ひゃっ……ぁんっ……」

ぬるっぬるっと、挿入口《いりぐち》を探すように彼の肉棒が蠢《うごめ》く。

愛蜜で滑《すべ》る媚肉《びにく》を、肉棒がごりっと押しつぶした。

「ぁあっ……！」

クロエが快感に身を捩《よじ》らせると、棒の先端はそのまま蜜口の襞《ひだ》を割って入り込む。

くびれた部分が入り口に少し引っかかったが、それさえ通過してしまうと、あとはヌプヌプと蜜の助けを借りて中に収まってしまう。

「ぁあっ……ああっ……んっ……！」

淫《みだ》らな愛撫《あいぶ》にじらされた身体は、彼の雄を吸い込むように受け入れる。

熱い肉棒が膣壁を擦《こす》り上げながら奥へと侵入した。

「んんっ……。んぁっ……」

太い茎がみっちり収まってしまうと、イルヴィスがゆるゆると腰を動かす。

だが彼は緩《ゆる》やかな波のように動くだけで、思うような刺激を与えてくれない。

その穏やかな情交に、クロエの膣内《ちつない》がもっと欲しいとうねる。

「あっ……。もっと……」

豊満な胸を彼の厚い胸板にぴったりとつけ、刺激するように自《みず》ら身体を揺する。

その扇情的《せんじょうてき》な姿に満足したのか、イルヴィスが何度もクロエの頬や耳朶《じだ》に唇を這《は》わせ、からかうように言った。

「もっと、どうして欲しいんだ」

イルヴィスに問われて、言葉にするより先に身体が動いてしまった。

クロエは膝をシーツにつけると、ゆるゆると腰を揺らす。

彼の背に手をまわし、抗議するように爪を立てたが、イルヴィスはその行為を咎《とが》めなかった。

クロエは頬を膨《ふく》らませ、欲しいものを与えてくれないイルヴィスにすねた表情を見せる。

けれど彼は余裕綽々《しゃくしゃく》で、クロエの額にこつんと自分の額を合わせると、優しい目で見つめてきた。

「クロエ、覚えておくんだ。この清らかで美しい身体を汚していいのは、おれだけだ」

彼の歪《ゆが》んだ独占欲に、笑いそうになってしまう。クロエは彼の黒く艶《つや》やかな髪をそっと撫《な》でた。

指を滑《すべ》らせ、頭皮をくすぐるように撫《な》でさする。

「ええ。イルヴィス様だけですわ……。わたくしに触れていいのは……」

クロエが薔薇《ばら》のような唇でそうささめくと、挿《さ》し込まれた肉棒がますます硬さを増す。

イルヴィスはクロエの腰を両手で支えながら、彼女をゆっくりと押し倒した。

クロエは男根が抜けないようにと、きゅっと下腹部に力を入れる。

すると、彼の眉間《みけん》に皺《しわ》が寄った。

「……っ。そんなに締め付けるな」

「え……」

なんのことか分からず、クロエは困った顔で彼を見返す。

イルヴィスは呆れた顔をするだけで、それ以上何も言わなかった。

開いた両足の間に収まると、クロエの腰をしっかり掴む。

ズシンッと強く腰を打ち付けられ、クロエの全身に痺《しび》れが行き渡った。

「はぁっ……っ……！」

彼は、クロエが本当に待ち望んでいたものを与えてくれた。

太い肉棒をクロエの肉路にぐっさりと埋め込み、腰を引いたり突いたりを繰り返す。

抽送《ちゅうそう》は徐々に激しさと速さを増し、クロエの華奢《きゃしゃ》な身体を攻め立てた。

「ぁあっ……っ！　ぁんっ……ああっ……んんっ……」

甘い嬌声《きょうせい》が上がると、イルヴィスが腰の動きをさらに速めた。

がくがくと四肢が揺すられ、息も絶え絶えになる。

白くなめらかで形のいい胸を上下に揺らして、クロエは彼の律動に身を任せた。

「クロエ……。クロエ……」

「イルヴィス……様っ……。ぁあっ……んっ……。い、いいっ……！」

「おれを好きだと言ってくれ。クロエの口から聞きたい」

イルヴィスは弧を描くように腰をまわしたり、膣《ちつ》の入り口付近を浅く擦《こす》ってみたり、わざとじらすような動きを繰り返す。

そのたびに、クロエは彼の男根をもっと奥深くに受け入れたくなって、キュッと膣《ちつ》を締める。

すると彼の下半身が、ますます動きを速くした。

「ぁあっ……イルヴィス……さ……まぁ……」

激しく突き上げられながらも、クロエは自分の思いを懸命に伝えようとする。

「好きっ……ですっ……。イルヴィス様が欲しいっ……。イルヴィス……様だけっ……」

「クロエ……。おれのすべてを、おまえにやるぞ」

突き上げる激しさが最高潮に達する。

「あっ……あっ……ぁあっ……」

激しすぎて、もう声も出せなくなる。

彼の腰が何度もクロエの最奥を突き上げ、みっちりと埋まった肉棒が摩擦《まさつ》でもっと熱くなった。

「ぁあっ……はぁっ――――!」

「……くっ」

膣内《ちつない》に熱い飛沫《しぶき》が放出される。それと同時に彼が低い声を漏らし、ぐっぐっと肉棒を膣《ちつ》の最奥に押し込んだ。

「――――っぁ……ぁあ……ん……」

クロエは全身を小刻みに震わせ、生温かい彼の精液を受け止めた。

出しきったのか、彼がゆっくりとクロエに覆《おお》い被さってくる。

たいして重く感じないのは、彼が体重をかけないように気を遣ってくれているからだろう。

しっとりと汗ばむ肌を密着させ、お互いの高鳴る鼓動を確認し合う。

彼の心音は大きく、鼓動は速かった。

「はぁ……。ぁあっ……」

強く抱きしめられる。クロエはまだ、彼の男根に貫《つらぬ》かれたままだ。

筋肉が美しくついた肩胛骨《けんこうこつ》に、そっと手を伸ばす。

「そんなにくっつくと、抜くことができないが」

「……抜かないで。もっとわたくしの中にいてください」

クロエはそう言って下腹に力を込める。さらにはイルヴィスが離れていかないように、自分の足を彼の下半身に絡めた。

「孕《はら》みたいのか」

「はい……。イルヴィス様の子どもが欲しいです……」

小さい声でそうつぶやくと、彼がふっと笑ってクロエの頬に唇をつけた。

「気高く美しいクロエ。やっと、おれの手の中に堕《お》ちてきてくれた……。愛している」

優しく低い声が鼓膜《こまく》をくすぐる。

イルヴィスは逞《たくま》しい腕でクロエを抱き、雄を彼女の中に挿《い》れたまま、たくさんのキスを顔中に浴びせた。

ふと、クロエは彼の腕の包帯に血が滲《にじ》んでいることに気付いた。クロエは包帯の上からそこにそっと唇をつける。

「痛くないですか？」

そう問うと、彼の眉が少し下がった。

「実のところ、少々痛い。痛み止めがそろそろきれる頃のようだ」

今も昔も、イルヴィスは身体を張ってクロエを助けてくれる。

彼が与えてくれる無償の愛に、クロエの心は幸福感で満たされた。

「イルヴィス様……イルヴィス様……」

彼の身体に腕を巻き付け、しがみつく。

「おれの可愛いお嬢さんだからな。すべてをやると言っただろう？　おれの命もクロエのものだ」

「わたくしも……あなた……だ……け……」

彼がくれる愛の言葉に、クロエも何か返したいのに、だんだんと意識が薄れていく。

イルヴィスの温もりが気持ちいい。声が心地いい。

彼の至福の愛が、今この瞬間《とき》を満たす。

身体を蝕《むしば》んでいた媚薬《びやく》も、彼の愛によってすべて流されてしまった。

「イルヴィス様……愛して……おります……」

クロエはそれだけを囁《ささや》くと、徐々に意識を手放していく。

「おれは八年前からクロエを愛している」

微《かす》かに声が聞こえる。

クロエは幸せな心地のまま、眠りについた。

＊＊＊

「おはようございます。クラウス様、ベアトリス様」

朝と言うには遅い時間。食事をクラウスたちがいつもいるレストランで取りたいと、クロエはイルヴィスにお願いした。

ふたりで向かうと、クラウスとベアトリスは今日も、爽《さわ》やかな潮風が注《そそ》ぎ込むＶＩＰ席にいた。

彼らはクロエとイルヴィスの顔を見ると、大層喜んだ。

「もう身体はいいのかね、クロエ嬢」

「大丈夫？　クロエちゃん」

「はい。このたびは大変ご迷惑をおかけいたしました。体調も、もうすっかりよくなっております。ありがとうございました」

クロエはドレスを摘まんで腰を下とし、深々とお辞儀をした。その優雅な仕草に、ふたりとも感嘆する。

「よかったわ。本当に……」

ベアトリスが大輪の薔薇《ばら》のごとく艶《あで》やかに笑う。

「おれの傷の心配はしないのか」

イルヴィスが問うと、クラウスは目尻を垂らして口髭《くちひげ》を撫《な》でつけ、ベアトリスは肩を竦《すく》めた。

「我が友よ。もちろん心配している。だが、少々暴れすぎだ。おかげであの部屋は当分使えない。大々的なリフォームが必要だ」

そう返され、イルヴィスは気まずそうに頭をかく。

そんなふたりの様子を見て、ベアトリスはくすりと笑った。

「それはそうと、ちゃんと医務室に行きなさいよ。クロエちゃん、イルヴィスは面倒臭がりだから包帯すら替えないかもしれないわ。しっかり見張っていてね」

「はい、わたくしお供いたします。それに、消毒くらいならできますわ」

クロエが真剣に言うと、クラウスもベアトリスも嬉しそうに笑う。

「さて、事後報告をしたかったところだ。座ってくれ」

クラウスがそう言うと、イルヴィスは彼の横に腰掛けた。

「クロエちゃんは、こっちに座りなさいな」

「はい、ベアトリス様」

クロエがベアトリスの横に腰掛けると、芳醇《ほうじゅん》な薔薇《ばら》の香りがした。本当に、この香水は華やかな彼女に似合っている。

それからクロエたちは、オスカーとジョシュアについての話を聞いた。

今日の午後には最寄りの港に緊急寄港し、そこで彼らを警察に引き渡す用意ができていること。

オスカーは狡猾《こうかつ》な男らしく、これまでの尋問に対して余計なことは一切言わないらしいこと。

「まだ抵抗するつもりのようだ。だが、我々はこれ以上関与できないし、あとは警察に任せよう」

「もし奴が再びクロエを狙ってきたら、そのときは本気で殺す」

「物騒なことだ」

クラウスがやれやれといった調子で肩を竦《すく》めた。

「昨日はクラウスの船の処女航海だから、命までは奪うまいと思っただけだ。そうでなければ心臓を突き刺してもよかった」

「心遣い、誠に感謝するよ」

複雑な表情のクラウスと仏頂面《ぶっちょうづら》を崩さないイルヴィスのやり取りに、ベアトリスがふふっと笑う。

「久しぶりにイルヴィスの剣技を見たわ。相変わらずじゃない。腕前は一流ね」

ベアトリスが真っ赤な唇をにっと上げて褒めたが、彼は何も返さなかった。ベアトリスは気にした様子もなく今度はクロエに言う。

「そうだ。あのね、クロエちゃん。子猫の件なんだけど……」

「猫ちゃん！　わたくし、飼うのが楽しみで仕方がないんです。今日も少しだけ会えるでしょうか」

「もちろんよ。食事のあとで見に行きましょう」

クロエは朗《ほが》らかに笑い、ベアトリスとの子猫談義を楽しんだ。

そんなクロエを、イルヴィスが目を細めて見ている。

相変わらず目つきは険《けわ》しいが、よく見れば口元が少々緩《ゆる》んでいた。

太陽の光が燦々《さんさん》と降り注《そそ》ぎ、穏やかな潮風がクロエの煌《きら》めく金髪をなびかせる。

幸せな心地のまま、クロエはイルヴィスを見つめた。彼は表情を変えないが、それでも構わない。

彼の内面は優しく、そして強い。

そう考えると、クロエの心に尊敬と情愛の念がわき上がってくる。

クロエはこれからの新婚生活に思いを馳《は》せる。

それはとても幸福なものになるように思えた。

＊　＊　＊

二週間に及ぶ航海の末、イルヴィスの母国リストニアへやってきて、約一ヶ月が経った。

穏やかな午後。クロエはイルヴィスの屋敷にある図書室にいる。大きなデスクにいくつもの書類を広げて一生懸命目を通していた。

「薔薇《ばら》の香水ですもの、薔薇《ばら》を象《かたど》った容器がいいわ。でも、原価が高くなってしまうのが困りものね。うーん……いくつかのガラス工場を当たってみようかしら……」

何を唸《うな》っているのかといえば、巷《ちまた》で評判になっている新種の薔薇《ばら》『アムールクロエ』を使った香水の商品化についてだ。

最初はクロエのためだけに作られた香水だった。けれどイルヴィスに連れられて社交パーティに赴《おもむ》いたとき、クロエから芳《かぐわ》しい香りがすると評判になり、問い合わせが殺到した。

『この香水は愛する妻のために作ったものです。お譲《ゆず》りするわけにはいきません』

イルヴィスは最初はそう断っていたが、クロエは嬉しくなって注文を受けることにした。

彼から必要な知識を与えてもらい、商品の企画段階から携《たずさ》わっているのである。

イルヴィスは公爵家当主という立場でありながら、様々な商売をしていた。

クロエはそれを陰ながら支えたいと考え、帳簿の付け方も勉強している。

もう、お金のことで自分の人生を狂わせたりしない。

無知であることも罪だが、知識を得ようとしないのはもっと愚かだ。

できる限りのことをやってみよう。クロエはそう考えていた。

どうにか香水の原価を下げようと、一生懸命計算していたら、コンコンとノックする音が聞こえた。

見れば、イルヴィスが扉の枠にもたれて楽しそうな顔をしている。

「まあ、イルヴィス様。いつからそこにいらっしゃったの？」

「ついさっきだ。クロエの真面目な顔が面白くて見つめていた」

「お人が悪いです」

クロエは立ち上がると、愛《いと》しい旦那様のそばに近付き、頬に唇を寄せた。

オスカーに傷付けられたイルヴィスの腕はすでに抜糸《ばっし》を終え、そのあとの経過も問題ない。

短剣を突き立てられはしたがそれほど傷は深くなかったようで、順調に癒《い》えていた。

イルヴィスはクロエを抱きしめると唇を重ねてくる。次第に舌を絡め合う濃厚な口付けとなった。

リストニアに来てからわかったことだが、イルヴィスが元は平民で、サージェント公爵の養子であることはこの国の人間なら誰でも知っていることだった。

先のサージェント公爵はクラウスのスポンサーのひとりで、イルヴィスの才覚に惚れ込み、なかば強引に彼を養子に迎え入れたらしい。

当時、イルヴィスが前公爵を騙《だま》したという悪い噂が広まってしまったが、『闇公爵』というのは単なる外見からきた別称で、リストニア国においては悪名というわけではないらしい。

養子となったのちイルヴィスは当主となり、サージェント公爵として采配《さいはい》を振るっている。

彼が跡を継いでから、公爵家はさらに発展した。その功績のおかげで、リストニアの大公にも実力を認められているのだとか。イルヴィスは先代と同様にクラウスへの融資も続行し、今でもビジネスパートナーとしていい関係を保っているという。

彼は唇を離すと、突然真面目な表情になる。

「そうだ、肝心の話をしよう」

「何かあったのですか？」

「クロエの両親を人買いの手から買い戻した。今朝出航の船に乗ってこちらに向かっている」

クロエは驚きに目を見開いてイルヴィスを見た。

「イルヴィス様……」

「弟のアミールも隣町のスラム街で見つけ、無事保護したと連絡が入った。買われた家から逃げ出したらしい。小さな館を用意して、落ち着くまでは彼らをそこに住まわせるよう手配している。メイドも何人か雇って世話を頼んだから安心しなさい」

クロエは彼の逞《たくま》しい胸に寄り添うと、しっかりと抱きしめた。

「ありがとうございます……イルヴィス様……。感謝いたします……」

騙《だま》されていたとはいえ、クロエの両親はイルヴィスに恨まれて当然のことをした。クロエも、彼のことをとても傷付けたのに。

それでもイルヴィスは、こうしてクロエたちのために手を尽くしてくれる。

彼の寛大さに、心が感動で打ち震えた。

イルヴィスの腕の中でひとしきり甘えていると、ニャアと可愛い声が足元から聞こえた。

「リュヌもいたのね」

イルヴィスからプレゼントされた猫を、クロエは月《リュヌ》と名付けた。

闇公爵の飼い猫として、ふさわしい名前ではないだろうか。

雄だからか、時折イルヴィスに嫉妬《しっと》するのが珠《たま》に傷だ。だが、そんなところも愛《いと》おしい。

ここでの生活はとても穏やかで、愛に溢《あふ》れていた。それらはすべて、イルヴィスが与えてくれたものだ。

「イルヴィス様、愛しておりますわ。わたくしの心からの愛を捧げます」

クロエがそう言うと、イルヴィスもこう返してくる。

「おれのすべてをクロエに捧げる。おれはクロエのものだ」

イルヴィスの愛の言葉を受け、クロエは至上の幸せを噛みしめた。

仙崎ひとみ（せんざき ひとみ）
大阪府出身関西在住。B-PRINCE 文庫新人大賞、第７回・第８回奨励賞受賞を経て、2016 年１月に出版デビュー。主な著書に「オークションにかけられた花嫁～国王陛下は至極の真珠を溺愛する～」（ジュエルブックス）。

イラスト：園見亜季

本書は、「アルファポリス」（http://www.alphapolis.co.jp/）に掲載されていたものを、改稿のうえ書籍化したものです。

伯爵令嬢《はくしゃくれいじょう》は豪華《ごうか》客船《きゃくせん》で闇公爵《やみこうしゃく》に溺愛《できあい》される

仙崎ひとみ（せんざき ひとみ）

2017年 12月 12日初版発行

編集－河原風花・及川あゆみ・宮田可南子
編集長－塙綾子
発行者－梶本雄介
発行所－株式会社アルファポリス
〒150-6005 東京都渋谷区恵比寿4-20-3 恵比寿ｶﾞｰﾃﾞﾝﾌﾟﾚｲｽﾀﾜｰ5F
TEL 03-6277-1601（営業） 03-6277-1602（編集）
URL http://www.alphapolis.co.jp/
発売元－株式会社星雲社
〒112-0005 東京都文京区水道1-3-30
TEL 03-3868-3275
装丁・本文イラスト－園見亜季
装丁デザイン－AFTERGLOW
（レーベルフォーマットデザイン－ansyyqdesign）
印刷－図書印刷株式会社

価格はカバーに表示されてあります。
落丁乱丁の場合はアルファポリスまでご連絡ください。
送料は小社負担でお取り替えします。

ISBN978-4-434-24078-2 C0093